徳 間 文 庫

九州新幹線マイナス1

西 村 京 太 郎

徳 間 書 店

目次

第一章　第一の事件

1

「君に電話だ」

と、いわれて、三田村刑事は、目の前の電話を取った。

「私だ」

という、聞き慣れた男の声がした。

電話の相手は、同じ捜査一課に籍を置いている、三田村の先輩に当たる、吉田という刑事だった。吉田は、三田村とは同じ大学の先輩ということもあり、一課の中では、普段から仲がよかった。

「今、どこですか？」

と、三田村が、きいた。

「今、新大阪の駅にいる。これから、九州新幹線の『みずほ』に乗る。実は、娘の美香が、大好きなぬいぐるみを、マンションに置いたまま、忘れてきてしまってね。今度の旅行には、絶対に忘れずに持っていかなきゃと、思っていたのに。申し訳ないが、私のマンションに行って、そのぬいぐるみを見つけて、指宿の旅館まで、送ってもらいたいんだ。マンションの管理人に、連絡しておくから」

「どんなぬいぐるみですか？」

「三十センチくらいのテディベアだよ。熊のぬいぐるみは、それしかないから、すぐわかるはずだ」

「わかりました。すぐに、送りますよ。吉田さんが、泊まることになっている指宿の旅館の名前と住所、郵便番号、電話番号を教えてください」

三田村が、いうと、吉田は、電話口で、水明荘という旅館の名前をいい、住所などを伝えた。

「じゃあ、頼むね」

「そちらには、いつまで、いらっしゃるんですか?」

「休暇は、今日から五日間もらっているから、四月五日に、東京に戻ろうと思っている」

と、吉田が、いった。

三田村は、仕事を終えて警視庁を出ると、新宿から、京王線に乗り、幡ヶ谷まで行った。

吉田刑事の自宅マンションは、この近くに、あったはずである。二回ほど、遊びに行ったことがある。

三田村が、駅の改札口を出ると、そこに、同僚の、北条早苗刑事の顔があった。

三田村が、ビックリして、

「何で、君が、こんなところに」

と、いいかけてから、

「ああ、そうだったな、君は、この近くのマンションに、最近、引っ越して、きたんだったっけね」

「正確には、この近くではなくて、ここから、バスで十五分」

と、早苗は、笑った。

「三田村さんこそ、どうして、こんなところに？」

「この近くに、先輩の、吉田さんのマンションがあるんだ」

「そうなの。でも、吉田さんは、たしか、今日から休暇を、取って、旅行に行っているんじゃなかった？」

「ああ、五日まで休暇を取って、指宿に、行くことになっている。その途中で、電話があったんだよ。五歳のお嬢さんと一緒でね、そのお嬢さんの大好きなテディベアのぬいぐるみを、自宅マンションに、忘れてきてしまったんだって。それがないと、お嬢さんが、寂しがるんで、指宿の旅館のほうに、送ってくれと、頼まれたんだ」

二人は、甲州街道を渡り、幡ヶ谷の商店街を、歩きながらの会話になった。

「そういえば、吉田さんの奥さんって、一年ほど前に、亡くなったんだったわね？」

「ああ、去年の三月に、亡くなっている。それで、吉田さんは、奥さんの実家だった、指宿にある旅館に、お嬢さんを預けてくるつもりらしい。五歳のお嬢さんと一緒では、仕事に行けなくなってしまうと、吉田さんがいっていた」

と、三田村が、いった。

商店街を抜けたところに、通称、水道道路という通りが、甲州街道に、並行して走っている。吉田が住んでいる八階建てのマンションは、たしか、この、水道道路に面して建っていたはずである。

その時、突然、消防車のサイレンの音が聞こえてきた。そのサイレンが、どんどん近くなってくる。

水道道路に出たところで、三田村刑事は、思わず、

「アッ」

と、大きな声を出した。

百メートルほど先の建物が、炎に包まれているのだ。

消防車が一台二台と集まってきて、すぐ放水が始まった。

「あのマンションは、たしか、吉田さんのマンションだ」

三田村が、いった。

「本当？　間違いない？」

「ああ、間違いない。あのマンションの五階のはずなんだ。二回ほど行ったことがあるから、覚えている」

少しずつ日が落ちてきて、周囲が薄暗くなってくるにつれて、炎の色が、白から、橙色に見えてくる。

マンションから慌てて逃げ出してくる住人がいる。その人に向かって、三田村が、きいた。

「あのマンションの、何階から、出火したんですか？」

「そんなこと、わかりませんよ。とにかく、気がついたら、建物が、煙に包まれていたんだから」

相手は、怒ったような口調で、三田村に、いった。

消防車の数が、六台七台と増えていく。

燃えているマンションには、近づけないので、三田村は、立ち止まって、凝視した。

気のせいか、八階建てのマンションの、五階あたり、つまり、吉田の部屋のあるあたりが、いちばん、炎の勢いが強いように見える。

マンションの火事は、二時間近く燃え続けて、やっと、鎮火した。

三田村は、消防隊員の一人を摑まえると、警察手帳を、示してから、

「火元は、どの部屋だったんですか？」

「現場検証をしてからじゃないと、断定できませんが、今のところ、五階の五号室のあたりが、いちばん、激しく燃えているようですから、そのあたりが、火元じゃないですかね」

と、相手が、教えてくれた。

（まさか、と思っていたけど、やっぱりだ）

と、三田村は、思った。

吉田の部屋は、五〇五号室だったはずである。

しかし、三田村には、吉田の部屋が、火元とは、考えられなかった。何しろ、今日、吉田刑事は、一人娘の、美香を連れて、東京から、東海道新幹線で新大阪に向かったのである。今頃はもう、新大阪の駅から、鹿児島中央駅に行く九州新幹線「みずほ」に、乗っているはずなのだ。

奥さんを亡くしているから、留守の五〇五号室は、無人のはずである。

「参ったな」

と、三田村が、いった。

「吉田さんの部屋が、燃えていたら、頼まれた美香ちゃんのテディベアのぬいぐるみだって、燃えてしまっているはずだ。送りたくても、送れないよ」

「吉田さんの部屋が、焼けてしまっていたら、正直に、話したほうがいいわよ」

と、北条早苗が、いった。

一時間ほどしてから、消防隊員が数人、焼け跡に入っていった。火元を、確認するためである。

三田村も、同行を頼んだが、危険だといわれて、断わられてしまった。

「五〇五号室を、よく、調べてきてくれませんか？　実は、その部屋は、私の大事な友人のところで、今は、旅行に行っていますが、三十センチくらいの、テディベアのぬいぐるみがあるから、それを送ってくれと、頼まれたんですよ」

「わかりました。では、それを、確認してきますよ」

消防隊員の一人が、約束してくれた。

三田村は、北条早苗と一緒に、消防隊員が戻ってくるのを待った。

しばらくして、何人かの消防隊員が、焼け跡から出てきた。その中の一人が、三田村のところに、近づいてくると、

「やはり火元は、五〇五号室のようですね」

と、いってから、

「お友だちは、本当に、旅行に出かけているんですか？」

「そうです。鹿児島に行くといっていましたから、おそらく今頃は、新大阪駅から、九州新幹線に乗っているはずです」

「そうですか。でも、ちょっと、おかしいですね」

「何が、おかしいんですか？」

「実は、火元の五〇五号室で焼死体が発見されたんですよ」

「焼死体？」

「そうです。火元の五〇五号室から見つかったんです」

「そんなバカな」

そんなことが、あるはずがないのだ。吉田刑事は、五歳の娘を連れて、今頃は、新大阪から発車する九州新幹線「みずほ」に乗っているはずだから。

2

周囲は、すでに暗くなっている。

地元の代々木警察署からパトカーがやって来て、消防隊員の案内で、焼け跡に入っていった。

三田村は、今度は、その刑事たちを摑まえて、自分の名刺を渡してから、

「焼死体は、どんな、様子ですか?」

と、きいた。

「丸焦げになっていますが、あれは女性、それも、若い女性の焼死体だと思いますよ」

万々が一のことを、考えていた三田村は、その言葉でひとまずホッとしたが、今度は、五〇五号室で、どうして、女性の焼死体が、見つかったのか、そのことが心配になってきた。

「五〇五号室が火元だということは、間違いないんですか?」

「まず間違いないと、消防隊員は、いっていますね」

「実は、同じ警視庁捜査一課に所属している吉田という刑事が、五〇五号室の住人なんです。今日は、吉田刑事は、五歳のお嬢さんを連れて、旅行に出かけていましてね。今頃は、新大阪から鹿児島中央に向かう九州新幹線『みずほ』に乗っているんです。ですから、五〇五号室には、誰もいないはずなんですけどね」

と、三田村が、いった時、彼の携帯が、鳴った。

耳に当てると、吉田刑事の声が、聞こえてきた。

「『みずほ六〇五号』の車内なんだ。今、熊本を、出たところだ。終点の鹿児島中央には、十時少し前に着く。それで、テディベアは、見つかったか？」

「それがですね」

三田村が、いいよどむと、吉田は、三田村の動揺を、察したのか、

「どうした、何かあったのか？」

「今、吉田さんのマンションのそばにいるんですが」

「テディベアが見つからないのか？」

「実は、吉田さんの住んでいるマンションがですね、火事で、焼けてしまったん

ですよ。それに消防は、五〇五号室が、火元だといっています」

「本当か？」

「本当です」

「そんなはずはないだろう。たしかに五〇五号室は、私の住んでいる部屋だが、誰もいないはずだし、火事の心配があるんで、ガスの元栓もきちんと、止めてきた。エアコンや、テレビのスイッチも、全部きちんと切ってから、出かけたんだ。だから、ウチが、火元ということはあり得ないよ。何かの、間違いじゃないのか？」

「ところが、焼け跡を調べた、消防隊員は、五〇五号室が火元だと、いっているんですよ。ですから、お嬢さんのテディベアも、燃えてしまっています」

と、三田村が、いった。

「それにしても、変な話だな。しかし、火事なら仕方がないが」

「テディベアは、こちらで、買って送りましょうか？」

「ありがとう。そこまでしてくれなくても大丈夫だ。こちらでも、売っているはずだから、鹿児島で、買ってやることにするよ。とりあえず、娘を、指宿まで、連れて行くことにするから、何かわかったら、私の携帯に電話してくれ。必要があれば、すぐ、東京に戻るから」

と、吉田が、いった。

三田村は、五〇五号室から、女性の焼死体が見つかったことは、とうとう、いい出すことができなかった。

その焼死体が、どういう女性なのかわからないからである。

もし、吉田刑事と、関係のある女性だったら、今はまだ、黙っていたほうがいいだろう。

「これからどうするの？」

北条早苗が、きいた。

「とにかく、五〇五号室で、見つかったという焼死体の身許がわかるまで、ここにいようと思っている」

「それなら、私も一緒に、いるわ」

「いや、君は、そこまですることは、ないだろう。吉田さんから、頼まれたのは、僕なんだから」

「それはそうだけど、何となく心配になってきたわ」

と、早苗が、いった。

二人は、焼け跡の近くに立っていても仕方がないので、もし、これが、事件なら、捜査することになる代々木警察署に、行ってみることにした。

二人は署長に会い、事情を説明してから、何かわかるまで、ここで待機していたいと、いった。

署長は了承し、二人のために、ラーメンと焼きそばを頼んでくれた。

二人が、遅い夕食をとっていると、署長が、問題の焼死体は、司法解剖のために、大学病院に運ばれたと、教えてくれた。

それから、五〇五号室の焼け跡を撮った何枚かの写真を、見せてくれた。

消防が、火元と断定した、2DKの部屋は、完全に、焼けてしまっていた。鉄骨だけが、焦げて曲がってしまっていて、ほかのテーブルやベッドなどの家具は、完全に灰になってしまっている。

これでは、テディベアのぬいぐるみだって、灰になってしまっているはずだ。

上司の十津川警部には、もっと、状況が、はっきりした段階で、報告することにし、二人は、代々木警察署の中で眠った。北条早苗も、自宅が近かったが、心配なので、一緒に、残ることにした。

朝になると、司法解剖の結果が報告されてきた。

署長が、神妙な顔で、

「まずいことになってきましたよ」

と、いった。

「まずいことというと、普通の焼死体では、ないんですか？」

「死体の背中に二カ所、鋭利な刃物で刺された傷があったそうです。死亡推定時刻は、昨日四月一日の、午後三時から四時の間となっています。消防は、火事が起きたのは、同日の、午後五時三十分頃だと、いっていますから、問題の女性が殺されてから、火がつけられたのだと、思いますね。犯人は、死体を燃やして、犯行を、隠そうとしたのかもしれませんね」

と、署長が、いった。

ほかにもわかったことがあった。

被害者の女性の推定年齢は、二十代から三十代。身長百六十五センチ、体重五十四キロと報告されてきた。

早苗の携帯が鳴った。

「今、どこだ？」

十津川警部が、きいた。

「代々木警察署にいます。三田村さんも一緒です」

「代々木署？　何で、そんなところに、二人で、いるんだ？」

北条早苗が、答えようとするのを、三田村が電話を受け取って、

「吉田刑事のマンションが、この近くにあるんです」

「吉田刑事なら、休暇を取って、今、九州に行っているはずだが」

「そうです。吉田刑事は、現在、九州にいますが、一緒にお嬢さんを連れていて、そのお嬢さんが、マンションに、大好きなテディベアのぬいぐるみを、忘れてきてしまったんだそうで、指宿に送ってくれないかと、頼まれたんです。ここに取りに来たら、吉田刑事のマンションが、火事で、燃えていたんです。それも、吉田刑事の部屋が、火元だったらしくて、その上、焼け跡から、若い女性の他殺死体が発見されたんです。心配になって、駅で出会った北条刑事と二人で、代々木

警察署に、来ています。何か、事情がわかればいいと、思ったものですから」

「それならちょうどいい。君たち二人も、来てくれ。私は、その事件を、捜査するために、これから現場に行くから」

と、十津川が、いった。

三田村と北条早苗の二人は、署長に礼をいってから、幡ヶ谷の現場マンションに戻ると、すでに、パトカー二台と、鑑識の車が着いていた。

十津川警部が、二人を見つけて、近づいてくると、

「これから、君たちも、この事件の捜査に当たるんだ」

「確認しますが、殺人事件の捜査ですね？」

「当たり前だ。焼け跡から、背中を二カ所、鋭利な刃物で刺されて殺されたと思われる女性の死体が、見つかったんだ。犯人は、被害者を刺殺しておいてから、火をつけて逃げたんだ。そうとしか、考えられないよ」

「わかりました。捜査に参加します」

「君たちは、昨日のうちに、ここに来て、あのマンションが、燃えている瞬間を、見ていたんだ。何かわかっていたら、教えてくれ」

十津川が、いった。

「あのマンションの、五〇五号室は、2DKの部屋ですが、そこが、吉田刑事の、自宅なんです。吉田刑事は、五歳の娘さんを連れて、昨日の午後一時に、ここを出て、東京駅から東海道新幹線で、新大阪に、向かいました。火事が起きたのは、午後五時三十分頃ですが、その時にはすでに、吉田刑事は、新大阪に、到着しています」

「やはり、吉田刑事の部屋か」

「そうです。今、申し上げたように、吉田刑事の部屋には、誰もいないはずなのです。その部屋が、火元になったと聞いて、吉田刑事は電話で、そんなはずはないといっていましたし、私も、そう思いました。そうしたら、今度は、その五〇五号室の焼け跡から、女性の、焼死体が発見されたということになりました。司法解剖の結果が出て、女性は二十代から三十代、身長百六十五センチ、体重五十四キロで、背中を鋭利な刃物で刺されていて、死亡推定時刻は午後三時から四時の間だという報告がありました。火事が起こる前に、旅行に出かけた、吉田刑事には、アリバイが、成立します」

「証明できるのか？」

「吉田刑事が、私に電話をかけてきたのは、昨日の、午後五時です。新大阪発十七時五十九分の『みずほ六〇五号』に乗るといっていました。新大阪に、その頃いなければ、九州新幹線『みずほ六〇五号』には乗れないのです。ですから、吉田刑事が、昨日の『みずほ六〇五号』に、乗ったことが証明されればアリバイは、完璧なものになります」

と、三田村が、いった。

それを、待っていたかのように、三田村の携帯が、鳴った。

「今、指宿の旅館、水明荘にいる。朝食をとったところだ。これから美香を連れて、海岸まで散歩に行こうと思っているんだが、そっちの状況は、どうなんだ？　火事の後始末もあるし、娘を残して、東京に、戻ったほうが、いいんじゃないかと、思っているんだが」

「ここに、十津川警部が、来ているので、電話を、代わりますよ」

「吉田か？」

と、十津川が、声をかけた。

「そうです。吉田です。私の住んでいるマンションが燃えたことは聞いています。しかし、どうして、捜査一課が出動しているんですか？」

「実は、焼け跡から、若い女性の焼死体が発見されたんだよ。君の部屋の焼け跡からだよ」

「本当ですか？」

「ああ、本当だよ。ただ、火事で燃えてしまっていて、どんな顔なのかもわからないし、身許がわかるようなものも、持っていないから、どこの誰なのかまったくわからない。ただ、背中を二カ所、刃物で刺されていて、それが、深い傷になっている。間違いなく、死んだ後で、犯人が火をつけたんだ」

「そんな。私には、まったく心当たりがありません」

電話の向こうで、吉田刑事が、大きな声を出した。

「わかっている。だが、殺人事件である以上、われわれは、この事件を、捜査しなければならない」

「娘を、親戚の旅館に預けて、すぐ、東京に戻ります」

「せっかく、休暇が取れたんだ。休暇中は、そちらにいたまえ。君に、何かきく必要が出てきたら電話をする。君の携帯の番号は、わかっているからな」

と、十津川が、いった。

「私は、そういう女性には、心当たりが、ありませんが、私の部屋の焼け跡から見つかったということは、私の過去に、何か接点のある女性かもしれません。すぐに戻って、捜査に入りたいんです」

「しかし、君には、心当たりが、ないんだろう？」

「はい」

「それなら、君は、事件のことは気にするな。マスコミへの対応も、心配しなくていい。今のところは、そちらで、休んでいろ。これは命令だ」

そういって、十津川は、電話を切った。

3

「これから、焼け跡に入るぞ。君たちも一緒に来たまえ」

十津川が、三田村たちに、いった。

刑事たちは、エレベーターが、使えないので、焼けた柱や壁などが、散らばっている階段を、五階まで、上がっていった。

すでに五〇五号室の焼け跡には、代々木署の刑事たちが入って、殺人の捜査の手掛かりになるようなものがないかと、探していた。

五〇五号室は、部屋のドアも、焼けただれて、いびつになっていた。

そのドアの、錠(じょう)のあたりを調べていた亀井(かめい)刑事が、

「ドアの錠前は、壊された形跡(けいせき)は、ありませんね。焼け焦げてはいますが。火災が、起きた時、ドアは、閉まっていたように思われます」

「この部屋の中で、犯人は、女性を殺し、放火して、ドアの鍵を閉めて、逃げたんだろうか？　それとも、女性を別の場所で殺してから、死体を、ここまで持ってきて、五〇五号室に死体を置いた後、放火したんだろうか？　君たちは、どう思うかね？」

十津川が、刑事たちに、きいた。

「五階の住人の何人かが、火災が起きる前に、廊下を歩いたというんですが、大きな荷物を、運んでいるような、不審な人物は、見ていないといっています。で

すから、犯人が、死体を外から運んできて、五〇五号室に放り込んでから火をつけたというのは、ちょっと、考えにくいと思います」

西本刑事が、いった。

「すると、犯人は、五〇五号室の中で女性を殺し、その後、放火して逃亡した。その時、犯人は、ドアの鍵もきちんとかけてから、逃げた。君の考えは、そういうことだな？」

「ほかに、考えようがありません」

と、西本が、いった。

十津川は、三田村に、目をやって、

「ところで、吉田刑事のアリバイは、本当に、完全なのか？」

「吉田刑事が、私に、話してくれたことが本当なら、完璧なアリバイが、あります。絶対このマンションで、女性を殺害することは、できなかったはずです」

「吉田刑事が、君に話したことが、本当だとすれば、という条件つきか？」

「その通りです」

「君と北条刑事は、これから、九州に行ってこい。指宿の水明荘という旅館に泊まっている吉田刑事に会って、詳しい話を聞いてくるんだ。それを聞いてからでないと、私には、吉田刑事のアリバイが、完全だとは思えない」

と、十津川が、いった。

4

三田村と北条早苗の二人は、すぐ東京駅に向かい、東海道新幹線で、まず新大阪に向かった。その先は、昨日、吉田刑事が、五歳の娘を連れて指宿に向かったのと同じ時刻表通りに、行ってみるつもりだった。

二人は、十七時五十九分に、新大阪から出る九州新幹線「みずほ六〇五号」に乗った。

この「みずほ六〇五号」に、使用されている車体はN七〇〇系で、最新の八〇〇系の一つ前の形式である。

新大阪からは、新神戸（しんこうべ）、岡山、広島、そして、小倉（こくら）。小倉を、出発するのは二十時九分になる。

東海道や山陽道を走っている新幹線は、十六両編成が多い。それに比べると「みずほ六〇五号」は、八両編成と、半分である。

博多発が二十時二十七分、終点の鹿児島中央に着くのは、二十一時四十六分である。

その間、熊本にしか、停まらない。

午後八時を過ぎた時、三田村の携帯が鳴った。

たぶん、吉田刑事からだろうと思って、三田村は、デッキに出て、電話に応答した。

「私だ」

と、やはり、吉田刑事の声が、いった。

「今、どこにいるんだ？」

「現在、北条刑事と一緒に、九州新幹線『みずほ』の車内にいます。そちらに向かっているんです。あと、一時間半ほどで、鹿児島中央に着きます」

「君たちは、なぜ、乗っているんだ？」

「十津川警部から、吉田刑事に話を聞いてこいと、いわれて、今、鹿児島に、向かっているところです」

「それなら、私が、今から、鹿児島に行き、君たちを、駅で迎えることにするよ。私も、君たちと、いろいろ話をしたいからね」

と、吉田が、いった。

二十一時四十六分に、鹿児島中央に着くと、ホームに、吉田刑事が迎えに、来ていた。

「指宿の旅館から、車で来たんだ。指宿までその車で、案内するから、車の中でいろいろと話をしたい」

指宿水明荘と、車体に書かれた、ワンボックスカーである。

三田村と北条早苗が車に乗り込むと、すぐに吉田が、スタートさせた。

「私が留守にしていたマンションの部屋が、火災になったということだけでも、ビックリしているんだ。ところが、焼け跡から、女性の死体が発見され、その上、女性は、背中を刺されて、死んでいたそうだね。私には、何が何だか、まったくわからないんだよ。そんな女性にも、心当たりがないし、第一、私の部屋から、火が出たということさえ、不思議で、仕方がないんだ。この話、間違いないんだろうね？」

吉田が、車を運転しながらきいた。

「あのマンションの五〇五号室が火元だということは、現場検証をした、消防隊員が証言しています。焼け跡から、背中を刺された若い女性の死体が、発見されたのも、本当です。吉田さんが、お嬢さんと四月一日に、マンションを、出られたのは、何時頃ですか？」

三田村が改めて、きいた。

「午後一時だよ。とにかく、新大阪には、遅くとも、午後五時頃までには、着きたかったからね」

「それで、新大阪からは、十七時五十九分発の『みずほ六〇五号』に乗った。それも間違いありませんか？」

「ああ、その通りだ。ウソをついたって、始まらんだろう？」

「『みずほ六〇五号』に、乗ったことを証明することは、できるんですか？」

北条早苗刑事が、きいた。

「証明？」

と、オウム返しにいってから、吉田は、考えていたが、

「ああ、できるよ。『みずほ六〇五号』に、新大阪から乗った娘の美香が、車掌さんと一緒に、写真を撮りたいというので、私がお願いをして、車内で、娘と専務車掌の二人の、写真を撮っている。その車掌にきけば、私が、四月一日の『みずほ六〇五号』に、乗っていたことが証明されるはずだ」

「どのあたりで、写真を、撮られたんですか？」

「たしか、博多を出てから、二、三十分してからだったと思うね。その頃に撮った、記憶がある」

「指宿の水明荘という旅館は、吉田さんの親戚の家だそうですね？」

早苗が、きいた。

「そうだよ。去年死んだ女房の兄が継いでいる、旅館だ」

「それで、お嬢さんを、その旅館に、しばらく預けて、仕事に、専念したいと、話されたと、聞きましたが？」

「そうなんだ。家には、誰もいないので、私が仕事で出てしまうと、娘の美香が、一人になってしまうんでね。それで、しばらく、美香を預かってもらおうと思っ

ている。義兄(あに)夫婦には、子どもがいなくて、喜んで預からせてほしいといってくれてね」

「お嬢さんも、指宿にいてもいいと、いっているんですか？」

「それがわからない。だから、休暇を取って、東京に戻る、四月五日まで、ここにいて、娘の反応を見てみたいと、思っている。どうしてもイヤだといえば、連れ帰るしかないからね」

と、吉田が、いった。

指宿の旅館水明荘に着くと、迎えた女将(おかみ)さんが、吉田に向かって、

「美香ちゃんは疲れたのか、もう、寝てしまいましたよ」

と、教えてくれた。

三田村と、北条早苗の二人は、旅館のロビーで、吉田から、写真を見せられた。五歳の美香と「みずほ」の車掌とが一緒に、「みずほ」の車内で写っている写真だった。

まだプリントをしていなくて、デジカメの中に、その写真は、続けて三枚、収まっていた。

その三枚の写真をプリントしてもらい、翌日、三田村刑事一人が、指宿の、旅館をあとにした。

博多の駅に着くと、駅長に、その三枚の写真を見てもらった。

「ここに写っている車掌さんですが、今、会えますか？」

駅長は、車掌の勤務表を見てから、

「佐野（さの）という車掌でしてね。今、上りの『みずほ』に乗っていますよ。あと一時間もしたら、この博多に着くはずです。そうしたら、ここに、呼んできます」

と、駅長は、いってくれた。

一時間と少し、駅長室で待っていると、その佐野という車掌が、勤務を終えて、駅長室に入ってきた。五十歳くらいの年齢で、たしかに、写真に写っている車掌だった。

三田村は、佐野車掌に、三枚の写真を見せた。

「この少女のことを覚えていますか？　四月一日に、『みずほ六〇五号』の車内で、父親が、娘と一緒に撮らせてほしいと頼んだと、思うのですが？」

三田村が、いうと、佐野車掌は、ニッコリとして、

「ええ、よく覚えていますよ。可愛いお嬢さんでしたからね。お父さんが声をかけてきて、娘が、車掌さんが大好きなので、よかったら一緒に写真を撮らせてもらえませんか、といわれたんですよ。それで、この写真を撮ったんです。よく覚えています」

「どのあたりを走っているところですか？」

「たしか、博多を出てから二十分か、三十分ほどしたあたりでは、なかったですかね？」

「この『みずほ』ですが、何号車というのはわかりますか？」

「六号車ですよ。六号車の、半分がグリーン車になっていましてね。そのグリーン車のほうです。全部で、八両編成です」

佐野車掌が、丁寧に、教えてくれた。

刑事というものは、あまりグリーン車には乗らない。しかし、吉田刑事の場合は、プライベートの旅行だし、一人娘の五歳の女の子が一緒だったから、奮発してグリーン車にしたのかもしれない。

「その時の父娘の様子は、どうでしたか？　何か、変わったところは、ありませんでしたか？」

三田村が、きいた。

「そうですね。お父さんも娘さんも、とても楽しそうでしたよ。特に、娘さんのほうは嬉しそうで、盛んに、はしゃいでいましたよ。列車が好きなんじゃありませんか？」

佐野車掌が、笑顔で、いった。

三田村は、ホッとした。これで、吉田刑事には、事件についての、アリバイが、一応、あったことになるからである。

三田村が、東京に戻ると、すでに代々木警察署に、捜査本部が、置かれていた。

三田村はまっすぐ、捜査本部に戻り、三枚の写真を、十津川警部に、見せることにした。

「博多駅で、この写真に写っている車掌に会ってきました。佐野という車掌で、四月一日に、鹿児島中央駅に向かう『みずほ六〇五号』の車内で、この娘の父親から、娘が、車掌さんと一緒に写真に写りたいといっているので、写真を、撮らせてもらっていいですかと聞かれ、ＯＫを出した。『みずほ』が、博多を出て、二十分か三十分くらいした時だった。可愛らしいお嬢さんだったので、今でも、よく覚えていると、証言してくれました。ですから、四月一日の午後九時前、鹿児島中央に向かって走っている『みずほ六〇五号』の車内にいたことは、証明されました」

「つまり、吉田刑事には、アリバイがあるということだな」

「そうです。四月一日の午後九時前、間違いなく、吉田刑事は『みずほ六〇五号』の車内にいて、鹿児島中央に向かっていたのです。それから、逆算すると、吉田刑事は、四月一日の午後一時頃、渋谷区幡ヶ谷の自宅マンションを出たことになるのです。問題の火事が起きたのは、四月一日の午後五時三十分頃で、また、殺された女性の死亡推定時刻は、午後三時から四時の間ですから、アリバイありです。犯行後に、羽田から福岡まで、飛行機を使った、という可能性も、時間的に、考えられません。念のため、搭乗者名簿も、調べておきます」

「吉田刑事の、アリバイが証明されて、安心したかね？」

「はい、ホッとしました」

「今回の事件には、ほかにもいろいろと、疑問がある。犯人は、五〇五号室のドアの鍵を壊して、中に、入ったんじゃないんだ。鍵を持っていて、その鍵でドアを開けて中に入り、女性を殺害した上、鍵をかけて逃亡した。そうなると、その鍵は、どうやって、手に入れたかが、問題になってくる。ひょっとすると、吉田刑事から、犯人に、鍵が渡されたのかもしれない」

「その件についても、吉田刑事に、確認してきました。吉田刑事の話によると、鍵を二つ持っているが、その鍵を、誰かに渡したり、貸したりしたことはないと、証言しています」

「しかしだね」

と、十津川は、いったが、途中で、言葉を切ってしまった。

十津川が、何をいいたかったのか、三田村には、想像がついた。

鍵を二つ、自分が持ち、誰にも貸したり、渡したりしたことはないと、吉田刑事は、いった。

しかし、鍵は、いくらでも、作れるのだ。

「それから、殺された女性だがね。まだ身許がわからない。吉田刑事は、その女性については、心当たりがないと、いっているんだろう?」

「はい。まったく心当たりがない。想像がつかない。女性に鍵を渡したり、マンションに、女性を呼んだりしたことは、一度もない。第一、五歳の娘が一緒にいるのに、女性を呼べるはずがないと、いっていました」

「たしか、吉田刑事の奥さんは、一年ほど前に、亡くなったんだな」

「去年の三月に、亡くなっています」

「事故死だったな？」

「そうです。あの八階建てのマンションの屋上が、物干し場に、なっているんです。マンションの住人は、屋上に、洗濯物を干しています。去年の三月十日に、吉田刑事の奥さんは、いつものように、屋上に上がって、洗ったものを干していました。その後、どうしてだかわかりませんが、屋上から墜落して、亡くなってしまったのです。吉田刑事の話では、奥さんの、尚子さんは、人に恨まれるようなことは、何もないし、自殺することも考えられない。従って、何かの拍子で屋上から、転落してしまったに違いない。これは、どう考えても事故死だということになったんです」

「そうだったな。事故死と断定して終わったんだ。それについて、疑問は、何も持たれなかった」

「そうです。いくら調べてみても、自殺の可能性はないし、他殺の可能性もありませんでした。それで、事故死として処理されたのです」

「それで、吉田刑事は、納得していたのかな？」

「吉田刑事も、女房は運がないんだなと、いっていました」

「運がないか？」

「そうです」

「北条刑事は、今、指宿の水明荘か？」

「そうです。吉田刑事が、いいたいことがあれば、北条刑事が聞いて、帰ってくることに、なっています」

「何か、そんな空気が、あったのか？　吉田刑事が、何か、話したそうな様子が、見えたのか？」

「そういうことではありませんが、事件の後なので、指宿にいると、北条刑事が、いったのです。吉田刑事は休暇を、取っているので、四月五日まで、東京には、帰りませんから」

「なるほどね」

「殺された女性の身許は、わかりそうもありませんか？」

三田村が、きいた。

「まだだが、被害者の女性は、奥歯を一本だけ、抜いて、ほかの歯は抜けないようにブリッジしている。今、都内の歯医者に、その状態を示して、きいているから、うまく行けば、身許がわかるんではないかと期待している」

十津川が、いった。

夕方前に、被害者の身許が、判明した。女性の名前は、木下由佳理（きのしたゆかり）。二十八歳。六本木（ろっぽんぎ）のクラブで働いているホステスとわかった。

その六本木のクラブの名前は「夢」、ドリームである。

第二章　1/208

1

吉田刑事は、休暇の終わる前日の四日、東京に戻った三田村に、電話した。

「明日の五日、予定通り、東京に帰ることにした。北条君にも、そう、伝えておいたよ」

「それでは、北条君も、東京に帰らせます」

と、三田村は、いった後、続けて、

「吉田さんは、どんなルートで、東京に帰られるのですか？」

と、きいた。

「北条君は、どうするんだ？」

逆に、吉田が、きいた。

「北条君は、朝一番の飛行機で帰ることになります」

三田村が、答える。

「そうか。それでは、残念ながら、一緒には帰れないな。実は、娘の美香が、やはり、東京に、帰るといっているんだ。それに、こちらに来る時には、新しい九州新幹線の車両に乗らなかったから、東京に帰る時は、鹿児島中央から博多行きの新しい車両に、どうしても、乗りたいといっているんだよ。ちょっと遅くなってしまうかもしれないが、明日じゅうには、東京に帰る」

と、吉田が、いった。

「やっぱり、美香ちゃんは、九州の親戚よりも、お父さんと一緒がいいと、いってるんですか？」

「そうなんだ。嬉しくもあるが、義兄(あに)夫婦と一緒にいてくれれば、そのほうが私は安心なんだがね。美香が、私と一緒にいたいというのなら、それも、仕方がないと、思っている」

「しかし、東京のマンションは、焼けてしまったわけでしょう？」

「そのことを、昨日、十津川警部に、電話をして相談したら、官舎に空きがあるそうで、そこに、しばらくいればいいと、いってくれたんだ。官舎にいる間に、適当なマンションを、探せばいいと、私は、思っているので、別に心配はしていない」

「鹿児島中央から博多まで、九州新幹線に乗るのは、美香ちゃんの、希望なんですね？」

「こっちへ来る時は、新大阪から『みずほ』に乗ったんだ。『みずほ』も一応、九州新幹線といわれているんでね。しかし、乗ってみたら、全車両がN七〇〇系なんだよ」

　吉田が、笑う。

「N七〇〇系というと、古い車両じゃありませんか？」

　と、三田村が、いう。

「そうなんだよ。私や美香が、乗りたかったのは、九州新幹線のために作られた、新しい車両でね。調べてみたら、その八〇〇系というのは、博多と鹿児島中央との間だけを、走っているんだ。『つばめ』と『さくら』は、両方とも六両編成なんだが、その車両が、八〇〇系なんだ。ほかに、八両編成の『つばめ』もあるんだが、これは、N七〇〇系だ。また、『さくら』と『つばめ』を比べると、なぜか『さくら』のほうが多い。そこで、『さくら』に乗って博多まで行き、博多で乗りかえる」

と、吉田が、説明する。結構、楽しそうだ。

翌日、吉田は、娘の美香を連れて、鹿児島中央駅に、向かった。

「さくら四一〇号」に乗った。六両編成で、指定席が三両、自由席が三両の、こぢんまりとした新幹線である。グリーン席はない。

東海道新幹線などは、十六両という長い編成だから、それに比べると、ひどく短いような気がするが、真新しい八〇〇系だから、吉田は、先頭から三両目の指定席の四号車に、親子で乗り込んだ。昨日の夜、買っておいた切符である。六号車が先頭である。

この列車には、グリーン車が付いていない。それでも、全車両が真新しいので、娘の美香は、一人で、はしゃいでいた。

ウィークデイのせいか、乗客の数は、定員の半分ほどだった。

車掌の話によると、九州新幹線が走るようになったが、急勾配が多く、長い編成は無理なので、六両編成で走らせている、ということだった。

「さくら四一〇号」は、定刻の十時五十三分に鹿児島中央駅を発車した。

吉田は、少し疲れていた。しかし、娘の美香のほうは元気いっぱいで、四号車の車内を盛んに走りまわっていたが、新八代の駅を通過するあたりから、自分の席に戻ってきて、鹿児島で、新しく買ってやった、テディベアのぬいぐるみを手に持って、一人で遊び始めた。

それを見て、吉田は安心し、熊本駅に停車した後、いつの間にか、うたた寝をしてしまった。

目を覚ました時は、列車は、新玉名駅を通過していた。隣を見ると、いるはずの美香の姿がない。

（また、どこかを走りまわっているのか？）

と、思い、ほかの乗客に、迷惑をかけていないかが心配になって、立ち上がると、まず、四号車の中を探した。

しかし、美香の姿は、どこにもない。

そこで、吉田は、先頭の六号車の方向に向かって歩いていった。隣の五号車のところで、相川(あいかわ)という車掌に、会った。

「私の娘を知りませんか?」

吉田が、きいた。

「お嬢さんですか?」

「そうなんですよ。鹿児島中央から乗ったのですが、新しい車両なので嬉しがって、はしゃいでいました。また、車内を走りまわって、ほかの乗客に迷惑をかけているのではないかと、それが、心配で探しているのですが、見当たらないのです」

「お嬢さんは、おいくつですか?」

「年齢は五歳です。普通の五歳よりも、少し小さいかもしれません」

吉田が、いうと、車掌は、

「ああ」

と、小さくうなずいてから、

「たしか、四号車の中ほどに、すわっていらっしゃったんじゃありませんか?」

「そうですが」

「そのお嬢さんなら、覚えていますよ。クマのぬいぐるみを、持っていらっしゃった、お嬢さんでしょう?」

「ええ、そうです。テディベアのぬいぐるみが好きで、どこに行く時でも、持っていくんですよ」

「そのお嬢さんが、いなくなってしまったんですか?」

「いや、いなくなってしまったというほどの、大げさなことではないんです。たぶん、車両が新しくて、探検でもしているような気分で、歩きまわっているのではないかと、思います」

「私は、これから、一号車のほうに行きますから、見つかったら、四号車に、お連れしますよ」

と、車掌は、約束してくれた。

吉田は、少し安心し、先頭の六号車まで行ってから、四号車に、戻った。五号車にも六号車にも、美香の姿はない。

吉田の乗った「さくら四一〇号」は、熊本を出た後、新玉名、新大牟田、筑後船小屋、久留米、と通過し、新鳥栖に停まってから終点の博多に行くことになっている。

新大牟田を通過しすぐ、探してくれるといった車掌が、四号車に入ってきた。

しかし、美香が一緒ではなかった。

「見つからなかったんですか？」

吉田が、きいた。

「残念ながら見つかりませんでした。娘さんですが、お腹でも壊しているんじゃありませんか？」

と、車掌が、きく。

「どうしてです？」

「お腹を壊していると、しょっちゅうトイレに行きますからね。車掌の私でも、トイレを開けて、調べるわけにはいきませんから、ひょっとすると、お腹を壊していて、トイレから、なかなか、出られないのかもしれませんよ」

と、車掌が、いった。

「娘は、お腹を、壊してはいなかったですよ。そんなことは、口にしていませんでしたから」

「それでしたら、いったい、どうしたんでしょうかね？　姿が見えなくなったのは、いつからですか？」

と、車掌が、きいた。

「熊本に着いた時には、私の隣にすわっていたんです。そして、テディベアのぬいぐるみと遊んでいました。その前は、やたらと走りまわっていたので、それで安心して、ついうたた寝をしてしまいまして、目を覚ましたら、娘の姿がなかったのです」

「では、熊本までは、間違いなく隣に、すわっていらっしゃったのですね？」

「そうです」

「それが、熊本を出た後で、どこかにいなくなってしまった？」

「ええ、そうです」

車掌は、ポケットから手帳を取り出すと、ページを繰りながら、

「現在、この『さくら四一〇号』に乗っていらっしゃるお客さんは、全部で二百

八人です」

　と、説明する。

「この先の停車駅は、新鳥栖と、終着の博多です。新鳥栖で降りられる、お客様は少ないので、ほとんどの方が、終点の博多までご乗車なさいます」

　と、車掌が、いう。

　車掌の説明を、吉田は、首を傾げて聞いていた。

　車掌が、吉田に、いったい何を説明しようとしているのかが、吉田には、わからなかったからである。

「この列車には、私のほかに、小野寺という車掌が、乗務しております。そして、お客様を入れて三人、この三人で調べれば、乗客の数もそんなに多くありませんし、この新幹線は六両編成ですから、簡単に見つかると、思いますよ」

　車掌が、吉田を安心させるように、いった。

　車掌が、何をいいたかったのかが、やっとわかってきた。

　つまり、五百人近くも乗っていたら、探すのは大変だろう。しかし、新鳥栖で降りる乗客は少なく、博多まで行く残りの乗客は、二百人程度しかいない。それを三人で探せば、簡単に見つかると、いって、吉田を安心させようとしたのである。

もう一人の車掌も加わって、六両編成の車両の中を、徹底的に探すことになった。

閉まっているトイレがあった場合は、吉田がノックしながら、

「入っているのが美香なら、返事をしてくれ」

と、声をかけた。

六両編成の車両だから、探す場所は、それほど多くない。その上、二百人ほどしかいない乗客である。

その中には、家族連れもいて、美香ぐらいの年齢の子どももいたが、数が少ないので、全部を調べるのには、そんなに時間はかからなかった。

しかし、やはり見つからない。

「お嬢さんですが、もう一度確認しますが、熊本駅に着いた時には、間違いなくいらっしゃったのですね？」

と、車掌が、きく。

「ええ、いましたよ。鹿児島中央で乗った後は、はしゃいで車内を走りまわっていましたが、熊本に着く頃には、さすがに、はしゃぎ疲れたのか、私の隣の席にすわって、テディベアのぬいぐるみで遊んでいました」

と、吉田が、いった。

「熊本を出てから、どこにも停まっていません。間違いなく、お嬢さんは、今も、この『さくら』の車内にいるはずですから、安心してください」

と、もう一人の車掌の小野寺が、いう。

だが、しばらく、三人とも、黙ってしまった。

その後で、相川車掌が、一つの、提案をした。

「もう一度、全部の車両を調べてみましょう。今度は、お嬢さんを探すことはもちろんですが、乗客の中に、あなたが知っている顔がいるかどうかをチェックするのです。もし、そういう人がいたら、私たち車掌に教えてください。あなたの知り合いが乗っていたとすれば、その乗客が、何かしたかもしれませんからね」

列車が新鳥栖に着いたが、降りる乗客は、誰もいなかった。

五人の乗客が乗ってきた。そして、列車は、すぐに発車した。次は、終着の博多である。

もう一度、車内を探す。

今度は、車掌がいったように、吉田は、乗客一人一人の顔を確認していった。

相川車掌と一緒に、吉田は、一号車から全車両を調べていった。

今度は、美香を探すこともちろんだが、新たに乗ってきた、五人の乗客を除く、二百八人の、いや、吉田自身と、娘の美香は除くから、二百六人、その乗客の顔を見ていった。

乗客の中には、不快そうに顔を背ける人もいたし、

「いったい、何の真似ですか？」

不満の声を上げる乗客もいた。

そういう乗客に対しては、吉田が、

「実は、私の五歳になる娘がいなくなってしまったので、探しているところです。申し訳ありません」

と、いって、頭を下げた。

先頭の六号車まで行ったが、見つからない。

「どうでしたか？　どなたか、知り合いの方は、乗っていませんでしたか？」

と、車掌が、きく。

「いや、一人もいませんでしたね」

吉田は、疲れのみえる声で、いった。

もちろん、吉田の今までの人生の中で、一度しか会っていない人間もいる。また、何かのパーティで、何百人もの参加者の一人として、偶然、出会った人間もいるだろう。そんな人間を、覚えているかときかれても、困るのだ。しかし、そんな人間は、娘の美香を隠して、吉田を、困らせたりはしないだろう。

一度か二度しか会っていなくても、吉田に強烈な印象を残したか、あるいは、何かで、カッとして殴り合いをした相手なら、こちらが覚えているはずである。

しかし、そんな顔は、見当たらなかった。

吉田は、隣の席に目をやった。

今は、車掌が腰を下ろしているが、ついさっきまでは、違っていた。そこには、本当なら、美香が腰を下ろしていなければならないのである。

隣にすわった相川車掌は、

「娘さんは、本当に、どうしてしまったんでしょうね」

と、小声で、いった。その後で、

「娘さんの切符は、あなたが、お持ちですか？」

と、きく。

「もちろん、私が、持っていますよ」

吉田は、ポケットから二人分の切符を取り出して、見せた。

「たしかに、この座席の切符ですね。たった六両編成で、乗客の数も二百人ほどしかいないのに、どうして見つからないのでしょうか？」

と、車掌が、いうので、吉田が、

「誘拐されたのかもしれない」

と、ポツリと、いった。

「エッ、今、何とおっしゃったんですか？」

「誘拐ですよ。娘は、誘拐されたのかもしれませんね。だから、これだけ、探しても、見つからないんですよ」

「しかし、この列車で、そんなことが、行なわれたとは思えませんが」

「しかし、誘拐以外に、娘が、いなくなったことの説明は、できないじゃありませんか？　何も事件が起きていなければ、娘は今、ここに、すわっているはずなんですよ」

「しかし、熊本では、隣にいたんでしょう？　その後この列車は、新鳥栖まで停車していないんですよ。さっき停まった新鳥栖でも誰も降りていません。もし、乗客の中に犯人がいるとすれば、その犯人が、この列車に乗っているということになるじゃないですか？　そうなれば当然、あなたの娘さんだって、この列車に乗っているはずですから、すぐに見つかるはずですよ。それなのに、どうして見つからないのでしょうか？」

今度は、車掌の声が荒くなった。

「だから、犯人は」

と、いって、吉田は、しばらく考え込んでいたが、

「そうだ。トランクだ！」

と、大きな声を出した。

「トランク？」

「私の娘は、五歳にしては小さいほうなんですよ。大きなトランクなら、押し込めることが、できます。だから、いくら、われわれが、一生懸命探しても見つからないんですよ」

しゃべりながら、吉田は、立ち上がっていた。

「もしかして、全部の乗客の持ち物を調べるんですか？」

「大きなトランクだけですよ」

「それでも、モメるかもしれませんよ。何とか説得してみますが、説得できなければ、我慢してください」

と、相川車掌が、いった。

吉田は、すでに、通路を歩き出していた。最後尾の一号車から先頭の六号車まで、もう一度、調べ直すつもりである。

相川車掌が、慌てて走ってきた。

一号車に行き、席に置いてある持ち物や、棚にのせてある持ち物を調べていく。

車掌が心配していた通り、この作業のほうが、乗客を、怒らせてしまった。

トランクが見つかると、吉田は、彼特有のぶっきらぼうさで、

「申し訳ないが、このトランク、開けてくれませんか？」

と、いった。

当然、トランクの持ち主の乗客は、怒り出した。

「何をいっているんだ！」

と、声を荒らげる。

横から車掌が、とりなすように、

「この方の五歳になる娘さんが、行方不明になってしまったのです。それで今、探しています」

と、いったが、その言葉で、相手は、なおさら怒りを強くしてしまった。

「それじゃあ、このトランクの中に、私が、その娘さんを隠しているというのかね？　まるで、私が、誘拐したようなことをいうじゃないか。私はね、今まで一度も、他人からそんな侮辱を受けたことはないんだ。私が誘拐をしたという証拠が、あるなら、見せてみろ。そうしたら、このトランクを開けてやる」

「いや、別に、あなたのことを、疑っているわけではありませんよ」

車掌が、おろおろしてしまっている。

仕方なく、吉田は、警察手帳を見せ、名刺を取り出した。

名刺を、相手に渡した。「警視庁捜査一課」という名刺である。

さすがに、相手は、ビックリしたような顔になった。

「本当に刑事さん？」

と、相手が、きく。

「疑うのでしたら、その名刺に書いてある電話番号に、電話をしてみてください。私は、現役の警視庁捜査一課の刑事です。その私が、トランクを開けてくださいと、お願いしているんですよ。どうしてもダメとおっしゃるのなら、これから警視庁に電話をして、捜査一課の課長に、電話に出てもらいますが」

吉田が、強い口調でいったのが、よかったのかもしれない。相手は、少し顔色が変わって、

「わかりました。開けますよ」

と、いって、鍵を取り出した。

トランクを開けてくれたが、中に入っていたのは、着替えの下着や背広だったり、携帯端末だったり、洗面道具だったりして、美香の姿は、そこにはなかった。

礼をいって、吉田と車掌は、前に進んでいく。

またトランクを、見つけて、開けてくれるように頼む。そうすると、また、前と同じように、ケンカになる。

これでは、時間がかかって仕方がない。そこで、吉田は小野寺車掌に頼んで、車内放送をしてもらうことにした。

「ご乗車のお客様に、お願いがあります。当列車に乗っておられます貴金属商のお客様が、眠っておられる間に、金の延べ棒十本を盗まれてしまいました。それで、皆様の持ち物を拝見させて、いただきたいのです。特に、大きなトランクをお持ちのお客様は、誠に申し訳ありませんが、開けていただき、中を見せていただきます。ちょうど、この列車に現職の刑事さんが乗っておられますので、その刑事さんが、確認を、行ないます。ご協力をお願いいたします」

それが、車内放送だった。

その車内放送で、各車両で、ざわめきが起きた。

が、この車内放送は、かなりの効き目があった。その後、吉田が相川車掌と一緒に調べていくと、乗客が文句もいわずに、トランクを開けてくれたからである。

一号車から五号車まで、吉田が調べたトランクは、十八個だった。

あと、六号車と思っている間に、列車は、終点の博多に到着した。

(まだ六号車が残っている!)

吉田は、ホームに飛びおりると、六号車の先に向かって走った。

六号車の先のところで、ふり返って、大手を広げた。

「今の『さくら』で来られた皆さん。六号車に乗っておられた方は、申し訳ないが、協力してください」

吉田が、大声でいった。

二人の車掌が、協力してくれた。

三人で、乗客たちの中から、六号車の乗客だけにホームに、残ってもらうようにした。

当然、文句が出た。

その人数は、三十七人。そのうち、大きなトランクの持ち主は、三人だった。

更にその三人だけに、残ってもらうと、なおさら、三人の機嫌が悪くなった。

男二人に、女が一人。女には、中年の男が、迎えに来ていた。その男が、吉田に喰ってかかった。

「彼女を帰さないつもりか」

「いや。トランクの中を見せてくだされば、すぐ帰ってくださって、結構です」

吉田は、努力して、感情をおさえて、頼んだ。

それでも、ぶつぶつ文句を、いっていたが、そのうちに、二人の駅員が、助けに来てくれた。

それで、五人になった。

それが、圧力になったらしく、女が、トランクの鍵を、吉田に、投げてよこした。

それで、トランクを開ける。

美香の姿はなかった。

残るのは、トランク二つ。

若い男は、文句をいいながらも、自分で、トランクを開けた。

中身は、なぜか、女物のドレスや靴だった。化粧道具も入っている。駅員の一人が、

「これ、あんたのものか?」

「決まってるでしょ!」

急に男は、甲高い声を出した。

残るトランクの持ち主は、四十五、六歳の男だった。これが、やたらに、非協力的だった。

鍵を失くしたといったかと思うと、

「これは、他人に頼まれて、届けるんだから、その人の許可をもらわないと、開けられない」

といい出す。

吉田は、次第に腹が立ってきて、

「早く開けろ! さもないと、あんたを、警察に連行するぞ!」

と、怒鳴った。

男は、ふいに、鍵を取り出して、投げてよこした。

吉田が、それを、拾っているうちに、男は、突然、改札口に向かって、走った。

駅員二人が、そのあとを追った。

吉田は、それどころではなくて、急いで、トランクを開けた。

中身は、古着だった。

「なんですかね？」

相川車掌が、拍子抜けした顔で、いった。

吉田は、構わずに、古着を、取り出しては、ホームに捨てていった。

最後の古着を捨てたが、ほかには、何も入っていなかった。

吉田は、トランクの底の皮を、剝がしていった。

中から、ビニールの袋に入った白い粉が、出てきた。

「覚醒剤ですか」

と、相川車掌がきく。

吉田は、うなずくと、すぐに、警察に連絡するように、指示を出した。が、気持ちは、暗く、沈んでいった。

とうとう美香は、発見できなかったのだ。

「この車両は、これからどうするのですか?」

吉田は、気を取り直して、きいた。

「下りの『さくら』になって、今度は、鹿児島中央に向かいますが」

相川車掌が、いう。

「できれば、この車両を待避線に運んでいって、もう一度、私に、調べさせてもらえませんか?」

「乗客のいなくなった車内を探せば、娘さんが見つかると、思っていらっしゃるんですか?」

「父親ですからね、見つからなければ、あの車両で、もう一度、鹿児島中央に引き返すつもりです」

「少し待ってくれませんか?」

相川車掌は、吉田をホームに待たせておいてから、駅長室に急いだ。

駅長に会うと、車掌は、事件のことを説明した。

「娘さんが、いなくなってしまい、父親のほうは、興奮しています。乗ってきた『さくら四一〇号』を、待避線かどこかで、もう一度、調べたいと、いっているんです。ダメだといったら、騒ぎ出すかも、しれません」

「本当に、『さくら』の車内から、娘さんがいなくなったのかね？」

「鹿児島中央を出てから、車内検札をした時には、その乗客と、五歳くらいの娘が、四号車に、並んですわっていました。それは、間違いありません。ところが、新玉名駅を過ぎたあたりで、娘がいなくなったと、乗客の父親は、いっているのです。一緒に何回も探したのですが、見つかりませんでした」

「五歳だろう？　それなら一人で、どこかの駅で降りてしまったんじゃないのかね？　その可能性だってあるんだろう？」

「父親は、熊本を離れた時には、娘さんは、隣の席にいたといっています」

「『さくら』は、熊本を出たら、終点の博多までは、新鳥栖にしか、停車しないだろう？」

「そうです。それで、新鳥栖では、気をつけて見ていましたが、誰も降りませんでした。新鳥栖では、五人の乗客が、乗ってきました」

「それなら、終点の博多まで、娘さんは、車内にいたはずだろうが？」

「そうなんですが、見つかりません」

「それで、今、父親はどうしてほしいと、いってるんだ？」

「乗ってきた『さくら』を、どこかの待避線に入れて、もう一度、全車両を調べさせろといっています」

「ダメだと、いったら？」

「その父親ですが、実は、警視庁捜査一課の現職の、刑事なんですよ。われわれが協力しなかったら、何をするかわかりません。とにかく、最愛の一人娘が、突然、消えてしまったので、カッカして、いますから」

と、車掌が、いった。

駅長は、

「ちょっと待て」

と、いってから、ＪＲ九州の社長、持田太助(もちだたすけ)の秘書に、電話をかけた。

事情を話し、どうしたらいいかと、後藤(ごとう)という秘書に相談したのである。

後藤は、

「少し待ってください」

と、いった。たぶん、持田社長に、どうしたらいいかを相談するのだろう。

後藤は、駅長のいったことを、そのまま、持田社長に話した。

「どうやら『さくら四一〇号』で、車内にいた五歳のお嬢さんが、消えてしまったことは、間違いないようです。父親は、必死になって、探していますから、断わると、何をするかわかりません」

社長の持田は、後藤の話を、黙って聞いていたが、

「君は、どうしたらいいと、思うのかね？」

「九州新幹線は、まだ走り始めたばかりですから、ここで悪いウワサが立つのは、大変困ります。五歳の娘さんが『さくら四一〇号』の車内から消えてしまったことは、間違いないようです。父親は、乗ってきた『さくら四一〇号』を、どこか待避線に入れて、もう一度、調べさせろと、要求しています。それに、父親は、警視庁捜査一課の現職の刑事だそうですから、何をいわれるか、わかりません」

「調べさせるとしたら、どのくらいの時間が必要なんだ？」

「そうですね、二時間から三時間くらいですかね。とにかく、父親を納得させなければいけませんから」

と、後藤が、いった。

「それなら、今から君は、博多駅に行き、駅長に話して、問題の列車を待避線に入れなさい。その後、父親に、六両編成の車両を、納得のいくまで、調べさせたらいい。すぐに行ってくれ。代わりの車両は、何とかして、融通したまえ」

社長が、いった。

2

秘書の後藤は、すぐ駅長室に向かった。

ＪＲ九州は、しばらく、赤字が続いていた。新しく社長になった持田が、持ち前の行動力で、鉄道事業以外の事業、例えば、ホテルの経営とか、駅の中の店をコンビニ化するなどの努力をして、今年になって、ようやく黒字になったのである。

それに、花を添えるように、九州新幹線が走るようになった。

こんな時に、マイナスのイメージを社会に与えてはいけない。たぶん、社長は、そう考えて、後藤に、博多駅の駅長と会うように、命じたのだろう。

後藤は、駅長に会った。駅長室には、ほかに二人の男がいた。一人は、車掌である。もう一人の男が、どうやら、問題の乗客であり、父親でも、あるらしい。

後藤が、その男に、

「話は、伺って(うかが)います。私は、JR九州の社長秘書の後藤と申します。社長も、これは、大変な事件だ。できるだけ便宜(べんぎ)を図り(はか)なさいと、いっておりますので、車内を調べてください。私も、協力しますよ」

『さくら四一〇号』は、すぐ待避線に入れることにします。気の済むまで、車内を調べてください。私も、協力しますよ」

駅長の指示で、本来なら、下りになって、鹿児島中央に、向かうはずの六両編成の列車は、待避線に、入っていった。

その後、後藤は、吉田に向かって、

「すぐに、取りかかりましょう。社長から、どんな便宜でも、図るようにといわれていますから、お手伝いできることがあれば、何でも、おっしゃってください」

と、いった。

二人は、相川車掌を連れて、待避線に入った六両編成の「さくら」のところまで歩いていった。

三人は、乗客も乗員もいなくなった、ガランとした六両編成の、その一号車から調べていくことにした。

手掛かりの一つでもないかと、座席も、いちいち、はね上げて、調べていく。トイレはもちろん、全部開ける。車掌室も乗務員室も、調べていく。

しかし、念入りに調べたのだが、美香の姿は、どこにもなかった。

六両全部を調べた後、吉田父娘がすわっていた、四号車の座席のところで、三人は、立ち止まった。

秘書の後藤は、吉田が、渡した名刺を見ながら、

「吉田さんは、捜査一課の、刑事さんなんですね。その吉田さんは、どう、思われますか？　これだけ探しても、見つかりませんが」

「娘は、誘拐されたんですよ。私に黙って、自分から、駅で降りたりするような、娘ではありません。誰かが、誘拐したに違いありません」

「しかし、娘さんは、列車から、降りていないのでしょう？」

「それは、証明されています」

横から、相川車掌が、いった。

「それに、乗客の持っているトランクは、全て開けさせて、確認しましたが、どのトランクにも、こちらの方の、娘さんは、入っていませんでした」

と、続けた。

「しかし、吉田さんは、納得されていないんでしょう?」

後藤が、吉田を見た。

「当たり前です。娘は、どこかに、いるはずです。煙みたいに、消えるはずなんてありませんからね」

吉田の顔は、少し赤くなっている。自分では、落ち着いているつもりなのだが、やはり気持ちが高ぶっているのだろう。

「しかし、車掌に聞いたところでは、この列車に、吉田さんの知っている顔は、一人も乗っていなかったんでしょう?」

「調べましたが、私の知っている人間は、一人も、いませんでした」

「それなら、お嬢さんが誘拐されたというのは、おかしいのでは、ありませんか？」

「私にも、今は、わかりませんが、間違いなく、どこかに、犯人がいるんですよ。犯人は、私の顔見知りではない。しかし、そいつは、娘を誘拐したんです」

「吉田さんには、何か、思い当たるようなことが、あるんですか？」

と、後藤が、きいた。

「私は、非番で、娘の美香を連れて、九州の義兄(あに)夫婦の家に、来ていたのです。その間に、東京の、私のマンションが、火事になって、全焼してしまいました。その上、火事の現場からは、背中を二カ所、刺された、女性の焼死体が、発見されたというのです。もちろん、まったく知らない女性です。誰かが、私を恨んでいて、私のマンションに、放火したに、違いありません。その犯人あるいは仲間が、今度は、私の娘を誘拐した。ほかに、考えようがないのですよ」

「なるほど」

後藤は、うなずいたが、

「しかし、思い当たることはないんでしょう？　吉田さんのマンションに、放火した犯人も、焼け跡から見つかった死体の女性のことも、吉田さんには、わからないことばかりなんじゃないですか?」

「だから、弱っているんです。放火にも、死んだ女性にも、まったく、心当たりがありません。しかし、何者かが、マンションに放火し、殺した女性を、火災現場に残しておいた。そして、娘を誘拐した。それは、間違いないのです」

「この後、どうしたら、よろしいですか? 社長が気にしているので、何でも便宜を図りますから、遠慮なくおっしゃってください」

後藤が、吉田に、いった。

「私自身も、この後、どこを、何を、調べたらいいのかわかりません。警察にも、知らせた上で、しばらく九州にいるつもりです。もし、何かあったら、あるいは、何か、調べたいことが見つかったら、必ず、後藤さんに連絡しますよ」

と、吉田は、いった。

吉田は、今日は、博多駅に近いホテルに、チェックインすることにした。

部屋に入るとすぐ、東京の十津川に、電話をかけた。

「吉田です」

と、いうと、

「何かあったか？」

と、十津川が、きいた。

「実は、娘が消えてしまったんです」

「なんだって。いったい、何があったんだ。しっかり、探したとは思うが、見つからないのか？」

と、十津川が、きいた。

「残念ながら、まだ、見つかっていません。今、福岡にいるのですが、とにかく今日は、博多駅近くのホテルに、泊まるつもりです」

と、吉田が、いった。

「心当たりは、ないのか？」

と、十津川が、きく。

「まったくありません。同じ『さくら』に乗っていた乗客を、一人一人、見ていったのですが、私の知った顔は、一人もいませんでした」

「君は、娘さんが、どうして、いなくなったと、思うんだ？　何か、事件に、巻き込まれたと、思っているのか？」

「娘は、おそらく誘拐されたのだろうと、思っています」

吉田が、いうと、一瞬、電話の向こうの十津川は、黙り込んだが、

「誘拐か。もし、そうなら、いったい誰が、何のために、君の娘さんを、誘拐したと、思っているんだ？」

「私も、それが、わからなくて、困っているのです。犯人が、どうやって、『さくら』の車内から、誘拐したのか？ その方法も、わからなくて、困っています」

「東京で起きた事件との関連について、何か、思い当たることはないか？」

「ありませんが、こうなってくると、娘の美香が、いなくなったことと、東京の事件との間に、何らかの、関係があるような気がしています」

「焼け跡から見つかった女性の死体の身許は、木下由佳理、二十八歳、六本木のクラブ『夢』で、働いているホステスだとわかったが、何か、心当たりはあるか？」

十津川が、きいた。

「まったくありません。木下由佳理という名前も知りませんし、その六本木のク

ラブにも、行ったという、記憶もありません」

「しかし、今日、君の娘さんが、どこかに、消えてしまった。そのことと、木下由佳理、六本木のクラブ『夢』とは、どこかで、繋（つな）がっていると思うんだが、やはり記憶にないか？」

「ありません」

3

その日、吉田がホテルで夕食をとっていると、北条早苗刑事と、三田村刑事の二人が、入ってきた。

「十津川警部から、吉田刑事を、助けに行けと命令されました」

と、三田村が、いった。

「一人で大丈夫だよ」

と、吉田がいい返す。

「それはわかっていますけど、十津川警部から、とにかく、吉田の力に、なってやれと、しつこくいわれているので、引き返すわけにもいきません」

朝一番の飛行機で、東京に戻り、再び、九州にやってきた、北条早苗刑事が、疲れも見せず、真顔(まがお)でいった。

三田村刑事が、東京から持ってきた被害者の写真と、六本木のクラブ「夢」の入口と、店内の写真を、吉田の前に置いた。

「この女性が、吉田さんのマンションの焼け跡から、死体で見つかったのです。名前は木下由佳理、この六本木のクラブで、働いていたことがわかりました」

吉田は、しばらく黙って、三枚の写真を見ていた。

しかし、小さく首を横に振ると、

「記憶にないねえ。酒が好きなことは、間違いないし、六本木には、大学時代の友人に誘われて、行ったことはあるが、この女の顔にも、この『夢』というクラブにもだ。この女性に会ったこともないし、この店に行ったこともないはずだ」

北条早苗刑事が、自分の手帳に、目をやって、

「この木下由佳理という女性は、ここ数年、六本木のクラブ『夢』で働いています。現在、二十八歳です。二十四歳の時に、一度結婚していますが、一年で離婚

している。その時、結婚した相手の名前は、二宮義男、彼女より五歳年上です。この二宮義男は、現在、中野で、小さなレストランをやっています。二年前に再婚して、妻の名前は、晴美で、旧姓は、早坂です」

「今、君が、いってくれたことは、全て、私の知らないことだね。初めて聞いたことばかりだよ。木下由佳理にも、記憶がないし、二宮義男という男にも、記憶がない」

「本当に、記憶がありませんか?」

「ああ、ないね」

「困りましたね。娘さんを、探す手がかりもないわけでしょう?」

「ないかもしれないが、娘の美香は、今日、鹿児島中央駅を発車した『さくら四一〇号』に、一緒に乗った。これは間違いないんだ。そして、この列車が、熊本に着いた時には、間違いなく、私の隣にいた。その後、私は安心して、つい、うたた寝してしまった。気がついたら、娘の姿は、消えていた」

「熊本を出た後、終点の博多まで、吉田さんの乗った『さくら四一〇号』から降りた乗客は、一人もいないのですね」

「降りた乗客は、一人もいない。これは、間違いないんだ」

「吉田さんは、今も、娘さんが、誘拐されたと、思っているんですか？」

と、三田村が、きいた。

「ああ、思っている。美香はね、自分から、私に黙って消えてしまうような、そんな子どもじゃないんだ。どこかに行きたければ、行きたいと、必ず、私にいう。そういう子どもなんだ。だから、誰かが、さらっていったとしか、思えないんだよ」

「誘拐されたとして、吉田さんには、その犯人に、心当たりがありますか？」

「何回も繰り返すが、心当たりは、まったくない。それでも、美香は誘拐されたと、思っている」

吉田は、繰り返した。

吉田には、ほかに、考えようがないのである。美香は、たしかに五歳で、すばしっこくて、イタズラ盛りの子どもだが、自分で勝手に、あの列車から降りてしまうような娘ではないと、思っている。第一、列車から降りたところで、行くところはないはずだし、実際、降りていないのだ。

「これからどうしますか？　どこかを、探しますか？　いってくだされば、われわれ二人、何でも協力しますが」

「可能性としては、まったく、ないはずだが、万々が一、『さくら四一〇号』から、降りていたとして、美香が行ったかもしれないという場所が、一つだけある。指宿の義兄(あに)の旅館だ」

吉田は、自分で、携帯をかけてみた。

相手が出る。

「そちらに、美香が、行っていませんか？」

と、吉田が、きく。

「いや、来ていませんが、何か、あったのですか？」

と、逆に、きかれてしまった。

「いや、いいんですよ。それなら、安心しました」

吉田は、電話を切った。

これで、唯一の、心当たりが、消えてしまった。

美香は、まだ五歳の幼い子どもだが、賢くて、行動力のある娘である。だから、ワラにもすがる想いで、ひょっとしてと、吉田は思ったのだが、指宿には戻っていないのだ。

「今日は少し休んで、明日もう一度、探してみる」

吉田は、三田村と北条早苗の二人に、力なく、いった。

第三章　破片

1

問題の「さくら四一〇号」は、JR九州の持田社長の好意で、現在、博多駅の待避線に停車したままになっているが、いつまでも、持田社長の好意に、甘えているわけにはいかなかった。

真新しい八〇〇系の列車である。明日になれば、また博多・鹿児島中央間を、走らせなければならない。

吉田は、居ても立ってもいられなくなり、もう一度だけ、「さくら四一〇号」の車内を、一号車から六号車まで、見てまわることにした。

三田村と北条早苗の二人の刑事も、吉田に協力することになった。ＪＲ九州の社長秘書の後藤に、連絡を取ると、「さくら四一〇号」に乗ってきた二人の車掌にも、手伝わせることを、申し出てくれたが、吉田は、丁重に断わった。

周囲は、すでに、暗くなっている。車内の電灯を点けてもらい、三人は、一号車から、六号車に向かって、ゆっくりと、車内を歩いていった。

通路を歩きながら、吉田に向かって、三田村が、いう。

「どうして、車掌の協力の申し出を、断わったんですか？」

「必要ないからだよ」

と、吉田が、いう。

「しかし、あの二人の車掌は、吉田さんと一緒に、鹿児島中央駅から、この博多駅まで、『さくら四一〇号』に乗ってきたのでしょう？　何か事件の解決に役立つことを、見ているかもしれませんよ。協力してもらったほうが、いいんじゃありませんか？」

「いや、必要ないんだ」

と、吉田は、繰り返した。

「さくら四一〇号」には、グリーン車こそついていないが、六両編成のどの車両も、色彩がそれぞれ違っていて、その上、今までの、新幹線の車両とは異なって、やさしい木材の香り、あるいは、木質そのものを生かした、シャレた作りに、なっている。

これが、美香の行方不明と関係なければ、楽しめるのだが、もちろん、今の吉田には、そんな余裕はない。

事件の痕跡が、何かないかと、トイレも全てドアを開けて調べていく。

吉田たちは、六両目まで、ゆっくりと座席を調べながら、歩いていった。そして今度は、六号車から一号車に向かって、逆に調べていく。

「吉田さんは、どうして、美香ちゃんが消えてしまった、と思っているんですか？」

と、三田村が、きく。

それには答えず、吉田は、黙って通路を歩いていく。

今度は、北条早苗刑事が、吉田に、声をかけた。

「吉田さんは、事件が起こった時、車掌の協力を得て、この六両の車内を全部、隅(すみ)から隅まで、調べたんでしょう？　乗客の持ち物のトランクまで調べた。それでも、美香ちゃんは、見つかっていない。そのことを、吉田さんは、どう、考えているんですか？　考えていることがあるのなら、教えてもらえませんか？　そうすれば、私たちも協力しやすくなりますから」

「今のところ、これといった考えは、持てずにいるんだ。なぜ、美香が、姿を消してしまい、その上、これだけ一生懸命探しても、見つからないのか、不思議に思っている。説明がつかないんだ」

「たしか、二〇八分の一でしたね？」

「ああ、それは、知っている。ウィークデイのせいか乗客が少なくて、美香が消えた時、乗客は二百八人しか乗っていなかった。だから、簡単に、美香が、見つかると思っていたんだが、そうはいかなかった」

「吉田さんは、美香ちゃんが、自分で、姿を消したとは、思っていないんでしょう？」

と、早苗がきく。

「ああ、もちろんだ。美香は、勝手に、列車から、降りてしまうような子どもじゃない。それに、熊本まで、娘は、私の隣にいたんだ。その後、終点の博多までの停車駅は、一駅だけだからね。その新鳥栖駅では、私も車掌も、ホームを眺めていた。しかし、美香が、そこで、降りた形跡はないし、ほかの乗客も、誰一人降りていないんだ」

「それが、不思議なんですよ」

と、三田村が、いう。

「熊本までは、間違いなく、吉田さんの隣にいた。熊本の次の新鳥栖駅では、降りた乗客は、一人も、いなかったんですよね？　そして、次の停車駅は、終点の博多ですからね。犯人が、美香ちゃんを、誘拐したとしても、美香ちゃんを隠して、この列車から、降りることは、不可能だったと思うんです」

「しかし、美香はこの列車内のどこにもいなかった。それは間違いないんだ。だから、誰かが、美香を無理やり、列車から、降ろしたんだ」

「しかし、美香ちゃんは、熊本駅を出た後は、唯一の停車駅、新鳥栖駅では、降りなかったわけですよね？　終点の博多駅でも、降りていない。誰かが、美香ちゃんを連れ出したとしか考えられませんが、もちろん、手を引いて降ろしたわけではない。とすると、トランク以外に、美香ちゃんを、隠せるところはないじゃありませんか？」

「君の考えに、賛成だ。私も、そう思っている」

「吉田さんは、乗客の持っている大型のトランクを、全て、調べたんでしょう？」

「ああ、調べた」

「それでも、どのトランクにも、美香ちゃんは入っていなかったんですよね？

それじゃあ、どうやって、美香ちゃんを、列車から降ろして、連れ去ったのか？

その点が、どうにもわからないんですが」

と、三田村がいう。

吉田が小さく首をふった。

「調べたといっても、乗客のトランク全部を、一カ所に集めておいて、一斉に開けたわけじゃないんだ。何しろ、乗客を乗せて、走っている列車だからね。一両ずつ、その車両の乗客が持っているトランクを調べて、一両終わったら、次の車両に、移っていったんだ」

「だとすると、吉田さんが、中を確認したトランクがあって、そのトランクに、吉田さんが、調べた後で、美香ちゃんを閉じ込めたということになるのかしら？可能性としては、考えられますね」

と、北条早苗が、いう。

「たしかに、君のいう通りだ。その方法以外に、犯人が、美香を、連れ去る方法は、考えられないんだ。北条君が、いったように、私が、調べ終わったトランクに、誰かが、もう一度、美香を、押し込めた。その方法しか考えつかないんだよ」

「しかし、吉田さんが一度調べたトランクに、犯人が、もう一度、美香ちゃんを、押し込めるのは、そう簡単じゃないと思いますが」

と、三田村がいった。

吉田は、乗客に怒られながら、トランクを一つずつ、調べていった時のことを、思い出した。

犯人は、どこかに、美香を隠しておいて、吉田が調べ終わったトランクに、美香を押し込める。

しかし、それほど簡単ではないはずである。一時的に、どこに美香を隠したのか。そんな場所が列車内にあるだろうか？

「そうなると、一人では、絶対に無理だ。犯人は、少なくとも二人か、それ以上だな。最低でも二人いなければ、私の目を盗んで、美香を連れ去ることは、まず、できないだろう」

「では、この列車内に、犯人が、二人以上いたことに、なりますね？」

「ああ、そうだ。最低でも二人必要だ」

「犯人は、どうやったと、吉田さんは、思うんですか？」

早苗がきく。

三人の足は、止まっていた。

「犯人が二人でも、やはり、難しいことに変わりがありませんよ。子どもを隠す場所が、この列車の中にあるとも思えませんから」

と、三田村が、いう。

「これは、あくまでも、私の勝手な、想像なんだがね」

と、断わってから、吉田がいった。

「もし、その共犯者が、この列車の乗務員だったら、犯行は十分に可能だと思うんだがね」

三田村は、エッという顔になって、

「吉田さん、ちょっと、待ってくださいよ。乗務員といったら、車掌しか、考えられないじゃありませんか？　運転士は、列車を運転していますから、勝手に、動くというわけにはいきませんからね。それに、車掌は、車内を、自由に、歩きまわれますから、共犯者としては、理想的なんじゃありませんか？　しかし、車掌が共犯というのは、あまりにも、大胆な推理すぎませんか？」

「でも、これだけ探して、見つからないとすると――」

と、早苗が、いった。

「今、吉田さんがいったように、共犯者の中に、車掌がいれば、美香ちゃんを連れ出すのは、そんなに、難しいことじゃありません。ああ、それで、さっき、車掌の協力の申し出を断わったんですね？」

吉田は、黙っている。それは、イエスの返事のように、早苗には、思えた。

2

東京では、代々木署に、捜査本部が置かれていた。焼け跡から見つかった死体、その木下由佳理は、背中を二カ所、刺されて、殺された可能性が、高いのだ。

十津川は、三日の夕方に、被害者の身許が、わかった後、二つの捜査を、指示した。

一つは、焼死体で発見された木下由佳理の経歴である。

二つ目は、吉田刑事の周辺の聞き込みだった。

吉田刑事は、現職の刑事だが、マンションの部屋の焼け跡から、刺殺体が発見されたのだ。アリバイが、新幹線の車掌によって、証明されたとはいえ、吉田刑事自身も、調べざるを得ないのである。

木下由佳理の捜査のほうは、西本と日下の二人に指示し、十津川は亀井と二人、吉田刑事について聞き込みを、開始した。

吉田父娘が住んでいた、渋谷区幡ヶ谷のマンション、コーポ幡ヶ谷は、十六年前建造の中古である。そこの五〇五号室が、吉田の部屋だった。十津川と亀井は、まず、周辺から、聞き込みを開始した。

コーポ幡ヶ谷の住人と、管理人から話を聞く。

十津川は、マンションの管理人と住人に、吉田が、警視庁捜査一課の現職の刑事であることを、知っていたかどうかをきいてみた。

二人が質問したのは、管理人を含めて五人だった。

管理人は、十津川の質問に対し、吉田が刑事であることは、以前から、知っていたと、いった。

「彼が、警視庁の、刑事だということで、何か面倒なことがありましたか？」

と、十津川が、きいた。

管理人は、すぐには、返事をしなかったが、亀井が、重ねてきくと、

「実は、それで、ちょっと困ったことになっていたんですよ」

管理人が、思わせぶりに、いう。

「いったい、どんなことで困っていたんですか？」

「こんなこと、しゃべってもいいんですかね？」

「ぜひ、話してもらいたい。吉田刑事にとって、マイナスになるような、ウワサ話でも構いません」

十津川が、促(うなが)した。

「実は、吉田さんは、昨年、奥さんを、不幸な事故で、亡くしたせいでしょうか、その後、少しばかり、横暴なところが出てきましてね。それでも、警視庁捜査一課の現職の刑事さんだし、奥さんを亡くしたことを知っている住人や、近所の人たちの中には、遠慮して、抗議をしない人が、何人もいるんですよ。それで今、困ったことに、なっていたと、申し上げたんですがね」

「もう少し具体的に話してもらえませんか？」

「こんなことを、しゃべっても、いいんですかね？　あなたは、吉田さんの上司なんでしょう？」

と、管理人が、いう。

「たしかに、私は、吉田の上司ですが、何を聞いても、怒りませんよ。人間というのは、誰だって、いい面もあれば、悪い面も、ありますからね。何でも話してください」

と、十津川が、答えた。

「このマンションの住人の一人が、去年の秋に、話したことですが、事実かどうかは、わかりません。それでもいいですか？」

「とにかく話してください」

「吉田さんは、渋谷か新宿で、飲んでから、深夜になって、マンションに、帰ってくることがあるらしいんですよ。ここの住人の一人が、たまたま、渋谷の飲み屋で、一緒になったんだそうです。その時、何かの理由で口ゲンカになって、吉田さんに、思いっきり殴られたそうです。その結果、一カ月の重傷を、負ってしまい、会社を、休むことになってしまった。そんな話なんですよ。ひどい目に遭ったのに、どうして、吉田さんを訴えないのかときいたら、その男性は、刑事を訴えても、自分のほうが損をするに違いない。特に、警視庁捜査一課の刑事ともなると、後で、どんなことをされるかわからないので、泣き寝入りした。そういっているんですよ」

「その人に会えますか？」

「いや、今年の初めに、引っ越しました。こんな怖い人と同じマンションには、住めないと、いいましてね」

「なるほど、ほかに、何か、ありますか？」

「今年になってからですが、若い夫婦が、訪ねてきましてね。管理人の私に、このマンションに住んでいる、吉田さんというのは、どんな人間か、聞きに来たことがありましたよ。この若夫婦は、子どもがいないので、休みの日には、自家用車を運転して、よく、ドライブに出かけるんだそうです。去年の秋に、伊豆半島の下田まで、ドライブした時、駐車場で、たまたま、隣に停まっている品川ナンバーの車に、ぶつけてしまったそうなんですよ。相手の尾灯を一つ、壊してしまった。謝ったところ、自分は警視庁の刑事で、これからすぐ、事件で出かけなければならないのに、いったい、どうしてくれるんだと、吉田さんに怒られたそうです。夫婦で、一生懸命謝っても、なかなか、許してもらえず、そのうちに、吉田さんが、いきなり、夫を殴ったといってました。吉田さんは、力が強いせいか、夫は、五メートルも飛ばされてしまい、止めに入った、奥さんもまた、一カ月の、重傷だそうです」

「それで、吉田刑事のことを、訴えたんですか？」

「最初は、訴えようと、思ったそうですが、弁護士に相談したら、警察の人間と、トラブルになって、訴えても、損をするのは、結局、あなたのほうだ。悔しいかもしれないが、我慢しなさいと、いわれたそうなんです」

「どうして、訴えたら損だといったんですかね?」

「何といっても、相手は、警視庁の現職の刑事ですから、仲間が、一杯います。その仲間が一斉に、吉田刑事を、弁護したら、素人の自分たちが、負けるに、決まっている。それに、仕返しされるのも怖い。だから、泣き寝入りをしたと、いうんですよ。しかし、吉田刑事という人が、いったい、どんな人間なのか、それを、調べてみないと、腹の虫が治まらないので、こちらに来て、管理人の私に、吉田さんのことを、いろいろと質問した。そういうことでした」

「それで、あなたは、どう答えたんですか?」

「こちらでも、吉田さんが、現職の刑事だとわかっているので、なるべく、近寄らないようにしている。敬遠気味に、生活していると、そんなことを、話しました。警視庁の刑事ともなれば、仲間が、たくさんいますからね。その人たちが、証人になって、ウソの証言をすれば、裁判所は、吉田さんの言葉しか、信用しないだろう。そんなことを、話しましたよ」

「それで、相手は、納得しましたか？」

「納得したかはわかりませんが、やっぱりねと、何度もいってましたね」

3

このほかにも、吉田刑事についての、ウワサ話は、いくつも、聞くことができた。それが、どういうわけか全部、吉田刑事の、悪口なのである。

吉田刑事は、マンションから歩いて七、八分のところに、駐車場を、借りていた。

十津川と亀井は、駐車場の管理人にも、話を聞いた。

「吉田さんは、非番になると、お嬢ちゃんを送り出した後、自家用車を運転して、よくドライブに行っていましたよ。こんな話もしてました。箱根方面にドライブに出かけた時、あそこは、坂道が多いので、箱根からの下り坂を、エンジンブレーキをかけながら下りていたら、後方から、下手くその運転で、追突されてしまったそうです。運転していた相手は、同じくらいの年齢の男で、助手席には、若い女が乗っていた。たぶん、女にいいところを見せようとしたんだろうが、こっちはぶつけられてひどい目に遭ったと怒っていたんですよ。ところが、一週間ほどして、その相手のカップルが、私のところまで、やってきたんです。そのカップルの話を聞くと、話はあべこべで、自分たちのほうが、箱根から湯河原(ゆがわら)へ下りる坂道で、追突されたといっているんです。その話だと、ぶつけられたのに、吉田刑事は、最初から、悪いのはお前たちのほうだ、自分は警視庁の刑事だと、大声で喚(わめ)き立てて、カップルのいうことは、何も、聞いてくれなかったそうなんです。それで、裁判に持ち込もうと思って、弁護士に相談をすると、相手が現職の刑事だと、勝つのは、なかなか、難しい。そういわれて、やめたといっているんです」

「結局その話は、どうなったんですか?」

十津川が、きいた。

「悔しいけど、泣き寝入りですよと、いっていました。おかげで、車の修理費は、こちらが払わなければならなかったし、ムチ打ち症で、しばらく医者に、通いましたが、その治療代も、こっち持ちでしたよ。本当に、悔しくて仕方がありませんと、そればかり、いっていましたよ」

と、駐車場の管理人は、いった。

十津川は、重い表情で、亀井と、捜査本部に、戻った。

亀井も、表情が暗い。

「これじゃあ、完全に悪者だね」

十津川が、いった。

「たしかに、吉田刑事には、乱暴なところがあります。いつだったか、大学時代の武勇伝を聞いたことが、ありますが、それは、かわいらしいものでした。しかし、今、耳に入ったウワサは、吉田刑事が暴れまわった挙句(あげく)に、相手を、傷つけたという話ばかりですよ。どうにも、信用できないんですが。去年の三月に、奥さんを亡くして、荒れていたんでしょうか」

亀井が、眉(まゆ)をひそめている。

「しかし、カメさん、全員が、全員とも、口を揃(そろ)えて、ウソをついているとは、考えられないんだよ。別にウソをついたからといって、その人間が、得をするという話でもなさそうだからね」

十津川は、慎重に、いった。

4

西本と日下は、五日、夜になってから、殺された木下由佳理、二十八歳が働いていたという、六本木のクラブ「夢」に足を運んだ。

カウンターに、腰を下ろし、一応ビールを飲みながら、まず、マネージャーに、木下由佳理のことを、きいた。

「そうですね、頭が切れて、美人だから、人気のホステスでしたよ」

「ほかに何か、ありませんか？」

「今もいったように、彼女は、美人で、頭も良かったのですが、欠点は、いつでも、お金のことばかりが、頭にあるような、そんなところが、見えていましたね。ホステスさんは、お金が欲しいから、この仕事をしているんだから、当然といえば当然なんですが、木下由佳理の場合は、それが、あまりにも、極端すぎました。

とにかく、全てを、お金で計算してしまうんです。その代わり、お客さんが、ポンと大金を使えば、彼女は、初めての、お客さんとでも、平気で、旅行に出かけてしまうようなところがありましたね」

店のママも、マネージャーと、同じようなことを、いった。

「ホステスは、お金のために、働いているんですから、お金を欲しがって、当然なんですよ。だから、この仕事を続けていくことが、できるんですよ。彼女が、いくらお金を、欲しがったっていいんです。ただ、お客さんを騙しちゃいけません。お店としても困るんです」

と、ママが、いった。

「彼女が、お客を騙したことがあるんですか？」

と、西本が、きいた。

「ええ、ちょっとね」

「どんなことですか？」

「実は、彼女、ウソをついて、お客さんから、何百万かのお金を、出させたんですよ。そんなウソに、コロリと、騙されてしまうお客さんも、お客さんで、私にいわせれば、おバカさんなんですけどね。それでも、私が、間に入って全額返させました」

と、ママが、いった。

「彼女は、どんなウソを、ついたんですか？」

「たいしたことじゃないんですよ。うちのお客さんにもそんな人がいるんです。最近は、中年で、お金もあるのに、結婚できない男の人がいるんです。うちのお客さんにもそんな人がいるんです。由佳理ちゃんは、それを知っていて、そのお客に、あたしも結婚したいが借金があるので、できないといって、大金を出させたんですよ。彼女って、頭が良くて、そういう話を、いかにも、本当らしくするんですよ。だから、お客さんのほうは、てっきり、結婚してくれるものと信じて、大金を出してしまったらしいの。お客もお客ですけれどね」

と、いって、ママは、笑った。

「木下由佳理さんですが、吉田さんという男性のマンションが、火事で焼けましてね。その焼け跡から死体で発見されたんです。このことは、もちろん、ご存じですよね？」

「ええ、もちろん。新聞で読みましたから」

「その吉田さんという男性なんですが」

と、いいながら、日下は、吉田刑事の、写真を取り出して、ママの前に置いた。

「この人なんですが、この人の、マンションで、今もいったように、木下由佳理さんは、死体で発見されたんです。背中を、二カ所刺されましてね。それで、おききするんですが、この吉田さんという男性が、ここの店に来たことは、ありますか？」

ママは、しばらく、吉田刑事の写真を見ながら、考え込んでいたが、

「仕事柄、お客さんの顔は、一度見たら、忘れませんけど、この男性は、見たことがありませんね。たぶん、うちには、一度も、いらっしゃったことがないんじゃありませんか」

「本当に、ありませんか？」

西本が、念を押すと、ママは、その写真を、マネージャーや、ほかの、ホステスたちにも見せて確認してくれた。

誰もが、吉田刑事の顔は、見たことがない、知らないと主張した。

この後、殺された、木下由佳理が住んでいた、四谷（よつや）のマンションを、教えてもらい、西本と日下は、訪ねることにした。

四ツ谷駅と、四谷三丁目駅の中間くらいにある新築の、マンションだった。その最上階の八階に、木下由佳理の借りていた、２ＤＫの部屋があった。

ここでも、まず管理人に会って、話を聞いた。管理人は、西本の差し出した、吉田刑事の写真に反応した。

「この人、たしか、吉田さんというんじゃありませんか？」

と、管理人が、きく。

「ええ、そうですが」

「あまり、信用できそうにない男性のようだから、木下由佳理さんには、つき合うのは、やめたほうがいいと、いったんですよ」

と、管理人が、いった。

「昔からの知り合いだと、いっていましたか？」

「いや、最近、店に来るようになったお客さんだと、いっていましたね」

管理人が、いう。西本と日下は、顔を見合わせてしまった。

六本木のクラブでは、ママもマネージャーも、ほかのホステスたちも、吉田刑事の写真に対して、見たことがない知らないと、いったのである。

「どうやら、もう一度、あの店に、行く必要があるな」

西本が、いい、日下も、うなずいて、急遽(きゅうきょ)、二人は、もう一度、六本木の店に、舞い戻ることにした。

5

店に戻ると、二人は、ママに注意を促した。

「いいですか、これは、殺人事件の、捜査なんですよ。ウソをいうと、それだけでも罪になるんです」

西本が、強い口調でいい、日下が、それに続けて、

「この写真の、男性ですが、死んだ木下由佳理と、この店で、何回か、会っていたんじゃありませんか？」

ママの顔色が、変わった。

「ごめんなさい。あまりいい話では、ないので、つい、ウソを、ついてしまって」

「じゃあ、この男は、何回か、この店に、来たことがあるんですね？」

「写真なので、実物とは、少し違う気もするけど、何回か、いらっしゃっていますよ。でも、この一、二カ月は、一度もお見えになりませんけど」

と、ママが、いう。

「木下由佳理さんが係り（かか）の、お客さんだったんですか？」

「ええ、彼女を目当てに来ていた、お客さんの一人ですよ」

「刑事だということは、知っていましたか？」

「ええ。お客さんのほうから、おっしゃいましたから」

「それで、どんな人間か、わかっていますか？」

と、西本が、きいた。

「私の勘が当たっていれば、刑事をかたる詐欺師ね」

と、ママが、いった。西本は苦笑して、

「詐欺師ですか？」

「ええ、だから、由佳理ちゃんに、あのお客さんには、注意しなさいよって、注意したことがあります」

「ママも、この男と話したことが、ありますか？」

と、日下が、きいた。

「ええ、ありますよ。二回か三回ですが、お話ししました」

「その時のママの感想は？」

「そうですねえ。ちょっと怖いなと思いましたよ。どうも、由佳理ちゃんが、騙されているような気がしたんですよ」

「どうして、彼女を騙していると、思ったんですか？」

「いうことが、いつも、やたらに大きいんですよ。たしか、去年の十月頃に、西永福で、藤井さんという社長さんが、殺された事件があったでしょう。個人資産を何十億円も持っているという、大会社の社長さん」

と、ママが、いう。

その事件は、十津川班が、捜査に、当たっていた。もちろん、吉田刑事も加わっている。

「あの事件と、何か関係があるんですか？」

「まだ犯人が、捕まる前に、このお客さんが店に来て、自分は、殺された、藤井社長の親戚の人間だ。だから、犯人を知っている。この事件には、何十億という大金が、動いているんだ。そんな話を、店じゅうに聞こえるような、大きな声でしゃべっていたんですよ。そうしたら、犯人が捕まって、それが、お客さんのいっていたことと、ピッタリ一致していたんで、詐欺師だと思っていたら、本当に、資産家の親戚だとわかって、びっくりしたんですよ」

「しかし、刑事だと思っていたんでしょう」

「お客さんが、自分で、おっしゃっていただけです」

「じゃあ、信じていなかった？」

「由佳理ちゃんは、わかりませんけど、私は、信用していませんでしたよ」

「じゃあ、今は、資産家の親戚ですか？」

「いいえ。すぐ、化（ば）けの皮が、はがれたんですよ」

「どうして、はがれたんですか？」

「事件のことが、どんどん、わかってくるにつれて、殺された、藤井社長の親戚の中に、吉田なんて人は、いなかったんですよ。こういう仕事をしていると、ニュースにも、敏感になるんです」

「ママは、この写真の人を吉田と呼んでいたんですか？」

「ええ、だって、ご自分で、吉田だと、おっしゃっていましたから。でも、私は、やっぱり、この人は、ウソつきだと、思っていますよ」

と、ママが、いった。

「ほかにも、何か、思い当たることがありますか？」

と、日下が、きいた。

ママが、ちょっと考え込んでいると、そばからマネージャーが、

「そういえば、いつだったかな、ママも、あの男に、騙されそうになったことが、あったじゃありませんか？　ほら、銀座の土地の話で」

と、いった。

ママは、急に、苦笑して、

「その話は、恥になることだから、黙っていようと思ったのに」

と、西本に、いった。

「今、銀行の利息が、安いでしょう？　だから、将来、有望な土地があれば、買っておいたほうがいいと、お客さんからいわれたことがあったんです。そんな時に、吉田さんが、土地について、誰も知らない情報を知っている。銀座の土地が、安く売りに出されている。今買っておけば、将来、必ず儲かるから、今、買っておいたほうがいい。その気があるなら、自分が紹介すると、いったんですよ」

「銀座の土地ですか？」

「ええ、この吉田さんの話を聞いていると、こんなにおいしい話はないと、思えたんです。騙しているようには、とても思えませんでしたね。どうして、その土地が、安く買えるのかも、もっともらしく、説明するので、すっかり信用してしまったんですよ。早く手を打たないと、すぐに売れてしまう。そういわれて、一千万円の頭金を預けかけたんですよ。結局、やめましたけどね」

ママが、小さく笑った。

「申し訳ないが、もう一度、この写真を、よく見てください」

と、西本が、いった。

「ええ。見てますよ」

「本当に、この男が、この店に、やって来て、木下由佳理さんをはじめ、ママさんまで、騙そうとしたんですか？」

日下が、きいた。

「ええ、そうですよ。ホステスの中にも、この吉田さんに騙されたのが、何人か、いるんじゃありませんかね。プライドもあって、悔しいけど、みんな、黙っていますけど」

「この吉田さんですが、自分の身分を、証明するようなもの、例えば、名刺のようなものを、皆さんに、渡したりはしなかったですか？」

日下が、きいた。

「いいえ、名刺は、いただいていません。吉田さんが、初めて、お店に来た時だったと、思うんですけど、お名刺を、いただけませんかといったら、いただけませんでした。その代わりに、車の話題になって、運転免許証を、見せてくれました」

「もちろん、吉田さんの免許証ですよね？」

西本が、きくと、ママは、笑って、

「そうですよ。今は、この写真の人、吉田さんについて、お話ししてるんでしょう？　ほかの人の、運転免許証を、見たって仕方がないでしょう？」

「運転免許証ですが、もちろん、写真もこの写真と同じ顔でしたか？」

「ええ。この写真と同じ男性であることは、間違いありません」

と、ママが、いった。

西本も日下も、吉田刑事の名前を、かたっている男が、どこかにいるのではないか？　吉田刑事に、顔や背格好、雰囲気が似た男が、どこかにいるのではないか？　その男が、今回の、一連の事件の、犯人ではないか？　そんなふうに、考えながら、マネージャーと、ママにいろいろと、質問しているのだが、なかなかこちらの期待する答が出て来ないのである。

たぶん、その男が、ママに見せた、運転免許証も、偽造したものだろう。足がつくようなものは、誰にも、渡していない。例えば、名刺である。ママに、お名刺ちょうだいといわれた時には、たいてい渡すのだが、問題の男は、頑（かたく）なに、名刺を、渡さなかったらしい。

万が一にも、名刺から、吉田刑事のニセ者と、バレるのが、怖かったのだろうと、西本は思った。

「ほかには、この男について、わかっていることは、ありませんか？」

と、西本が、きいた。

「私ね、この写真の人、吉田さんを、銀座の、天ぷら屋さんに、ご招待したことが、あるんですよ」

と、ママが、いった。

「しかし、ママは、さっき、この男は、詐欺師だ。つき合わないほうがいいと、いったじゃありませんか？　そんな男に、ご馳走（ちそう）したんですか？」

「ええ、そんな男だから、したのよ。吉田さんの化けの皮が、はがれる前で、てっきり、由佳理ちゃんが、騙されているような気がしていたんです。何とか、正体を見てみたいと、思って、銀座の天ぷら屋さんに、招待したんですよ。二人だけで、天ぷらを食べたんです」

ママが、いった。

「その銀座の天ぷら屋さんですが、そこは、ママが、よく行く店なんですか？」

「ええ、これといったお客さんを、ご招待するお店」

「それで、何かわかりましたか？」

「吉田さんですけどね、今もいったように、店で大風呂敷を広げていたんですけど、怪しんでいることを、まだ気がついていなかったらしく、銀座の天ぷら屋さんでも、やたらに、大きいことばかりいっていましたよ」

「天ぷら屋さんに行ったのは、ほかにも理由があったんじゃありませんか？」

「実はそこのご主人が、昔からの、知り合いなんですよ。頼りになる人なので、わけを話してそこの個室で、ＩＣレコーダーで録音してもらったんです。顔も隠し撮りしてもらい、その写真と録音を使って、由佳理ちゃんのために、何とか、男の正体を、暴いてやろうかと思っていたんですけどね、相手は、なかなか、ボロを出さないんですよ。ずいぶんと、お酒を勧めたんですけどね、いくら飲んでも、酔わないんですよ」

「その時に撮った写真や録音したデータなどは、今でも、持っていますか？　持っていたら、ぜひお借りしたいのですがね」

西本が、いうと、ママは、手を横に振って、

「由佳理ちゃんが死んだ後では、もう必要がないと思って、写真は、昨日、焼き

捨てて、しまいました。あまり楽しい思い出じゃありませんから」

と、ママが、いう。

「全て、焼き捨ててしまったんですか？」

と、西本が、きいた。

「ええ。ＩＣレコーダーのほうは、事務所の方に、置いてあるはずだけど」

ママは、そういった。

西本は、捜査に必要であることを説明し、直ちに、店の事務所に、同行し、渡してもらった。だが、操作を間違ったのか、音声データは、一部しか残っていなかった。

西本と日下は、一部だけ音声データが残ったＩＣレコーダーを持ち帰り、その日のうちに、科捜研に持ち込み、翌日の捜査会議で、全員で聞くことになった。

わずか数秒の長さである。

男の声である。

「私を信じれば、必ず儲かります。私の声を神の声と思ってくだされればいい。逆に、疑えば、あなたは、必ず破滅する。なぜかといえば——」

これだけである。時間にして、わずか十二秒。

いっている言葉は、典型的な詐欺師のものだ。

自分を信じれば、必ず儲かる。たぶん、全体では、その儲かる、もっともらしい方法が示されているのだろう。

この声は、果たして、吉田刑事のものなのだろうか？

刑事の中には「吉田刑事によく似ている」という者もいれば、「少し違う。吉田刑事じゃない」という者もいた。

十津川にも、断定できない。

「この音声データを、何本も、コピーしてもらいたい」

と、十津川が、いった。

「どうするんですか？」

亀井が、きく。

「犯人を追いつめる時、そいつに、この短い音声データを聞かせてやりたいんだ。

この声が、吉田刑事の声だったらまずいが、微妙に違っていれば、犯人を追いつめる武器になるはずだからだよ」

十津川は、確信を持って、いった。

その短い音声データを、何本もコピーし、刑事たちに持たせることにした。

その音声データは、現在、博多にいる、吉田刑事にも、送ることにした。

6

翌々日も、吉田刑事たち三人は、まだ博多にいた。

そこに、問題の音声データが入ったＣＤが、送られてきた。

その短い音声データを、三人で、聞いた。

「録音された男の声が、犯人の可能性が高いということだから、注意して聞いてほしい」

そういってから、吉田刑事が、ホテルのパソコンを使って、音声データを、立ち上げた。

少し低い、説得力のある男の声が流れてきた。短いのですぐ終わってしまった。もう一度、かけた。

「どうだ？」

と、吉田が、三田村と北条早苗の二人に、きいた。

「吉田さんとは、似ていませんよ」

北条早苗刑事が、即座に否定した。

「いや、私に気を使わなくてもいい。私自身は、似ていると思ったよ」

と吉田が、いった。

「たしかに、声の質も、似てますよ。この男は、吉田さんのしゃべり方の特徴を、よくつかんでいると思いますね」

三田村が、いった。

「私も同感です」

と、早苗が、いう。彼女は続けて、

「もし、ここに、吉田さんがいなくて、この音声データだけを、聞いたら、誰もが、ああ、吉田さんだというと、思いますよ。三田村刑事が、いうように、声質だけでなく、吉田さんのしゃべり方の特徴を、つかんでいるんです。だから、似ているんだと思います」

「しかし、私は、こんなことは、しゃべっていないよ」

吉田が、いった。

「どうですか。今、音とか声とかを、専門に調べる研究所が、あるじゃありませんか？　そこに、これを持っていって、調べてもらうのは、どうですか？　この音声データのほかに、吉田さん本人の声を、録音したものも、一緒に持っていくんです。それで、別人だとわかれば、吉田さんも、ホッとするんじゃありませんか？」

と、早苗が、いう。

それで、まず、吉田本人の声を録音することにした。

その後、吉田と北条早苗の二人が、博多に残り、三田村刑事一人が、録音された吉田の音声データを持って、東京に、帰ることになった。まったく同じ言葉をしゃべったデータである。

7

三田村は、東京の捜査本部に戻ると、十津川の了解をもらってから、問題の二つの音声データを持って、新宿にある、N音響研究所に行くことにした。

N音響研究所は、民間ではあるが、最近、犯罪に絡んだ音の分析で、話題になっている会社である。

三田村は、まず所長に会って、現在の状況を説明し、持参した二つの音声データを渡して、同一人の声か、別人のものか調べてくれるように依頼した。

二人の声が、グラフ化されていく。

声の強弱が、グラフで、表わされていく。

一時間近くかかってから、三田村は、所長に、呼ばれた。

所長が、説明する。

「このグラフで表わされた、二つのデータの声を、見てください。まったく同じところで、同じ高さにはね上がり、振動の形も同じです。この声をグラフ化した声紋データを見ると、同一人と断定していいと思いますね」

この結論は、十津川を始めとする刑事たちに、衝撃を与えた。

東京で起きた殺人事件に、吉田刑事が、関係があると、断定しているとしか、受け取れなかったからである。

十津川は、慎重だった。科捜研に、二つのデータを送って、再度、調査するように依頼したのである。

その結果、N音響研究所と、逆の結論が報告された。別人と断定したのである。

十津川は、科捜研の荒木技官を、捜査本部に呼んで、説明を聞いた。

「N音響が、同一人と断定し、その根拠として、声をグラフ化して、声紋データを検討したというので、われわれは、二つの音声データで語られた言葉のクセを、分析しました。二つの音声データは、よく似ています。そこで、発声のクセが、よく出ていると思われる部分を取り上げて、検討してみました」

「私の声を神の声と思ってくだされればいい」

「この部分です。元々のデータの場合、同じ『声』という言葉なのに、『私の声』と『神の声』では、『声』のアクセントが、微妙に違うのです。一方、もう一つのデータでは、二つの『声』が、まったく同じアクセントになっています。何気ないしゃべりの中で、これだけ、アクセントが違うということは、別人の声と考えるのが、妥当だと、思いますね」

と、荒木は、断定した。

第四章　第一の要求

1

吉田の携帯が鳴った。

「娘を預かっている」

と、男の声が、いった。

「早く娘を返せ」

「こちらのいう通りに動いてくれれば、娘は返す。五点ゲームだ」

「五点ゲーム？　いったい、何をいっているんだ？」

「いいか、あんたが、こちらの指示する通りに動き、こちらが、満足したら一点やる。五点貯まったら、娘は返す。その代わり、こちらのいう通りに、動かなかったり、こちらの指示に逆らったら、マイナス一点だ。マイナスが、五点になったら、その時点で、あんたの娘を殺す。そういうゲームだ」

「そんなバカバカしいゲームに、つき合えとでもいうのか」

「それでは、娘は、あんたのところに永久に、戻ってこないぞ。それでもいいのか?」

と、男が、いった。

吉田は、一瞬考えてから、

「何をしたらいいんだ?」

「まず最初の命令だ。明日の朝、東京方面に向かって、姿を隠せ。新幹線や飛行機は使うな。在来線を利用してだ。警視庁捜査一課の上司や仲間からも、友人や知人からもだ。全ての関係者の前から姿を消したと、こちらが、認めたら、プラス一点やろう」

「その前に、娘の声を聞かせてくれ。無事を確認したい」

「ダメだ」

「なぜ、ダメなんだ？　本当に、娘は、無事でいるのか？」

「いいか、いうことを、聞かなければ、すぐにマイナス点がつくんだぞ。今、あんたは、こちらの指示に反抗した。だから、マイナス一点がつく。この調子でマイナス五点になったら、その時は、直ちに、娘を殺すぞ」

「待ってくれ」

　慌てて、吉田が、いった。

「どうしたらいいか、教えてくれ」

「今いったはずだ。東京方面に向かって、姿を消せばいいんだ。それを、確認したら、こちらからまた連絡する。今から、二十四時間の猶予をやる。明日の、午後一時に、こちらが、満足すれば電話をするが、満足しなければ電話はしない。電話をしなかったら、当然、マイナス点がつく。そういうことだ。わかったな」

　そういって、男は、一方的に、電話を切ってしまった。

2

「吉田刑事が消えました」

北条早苗刑事は、電話で、十津川に報告した。

「今、君はどこにいるんだ？」

「福岡市内のホテルです。朝食の時、食事をしながら、今後について相談しましょうと、三田村刑事が、音声データを持ち帰った、昨日の夜、話したんですが、レストランで待っていても、吉田刑事が、来ないのです。部屋にも行ってみたらいません。フロントできいたら、午前七時に、チェックアウトしていました」

「何の連絡もないのか？」

「ありません」

「吉田刑事の携帯に、電話してみたのか？」

「さっきから、何回もかけてるのですが、繋がりません。おそらく、吉田刑事は、携帯を、切ってしまっているのだと思います」

「昨夜から、吉田刑事を、一人にしておいたのか？」

「吉田刑事が、精神的に、参っている。できれば、しばらくの間、一人にしておいてくれといわれたので、音声データを聞いた後、部屋を別にしました」

「何か、あったんじゃないのか？」

「何かといいますと、例えば、娘さんを誘拐した犯人から、連絡があったということですか？」

「そんなところだ」

「それはわかりません。ホテルのフロント係に確認しましたが、外から、このホテルに泊まっている吉田刑事に、連絡は、何もなかったと、いっています。しかし、直接、吉田刑事の携帯にかかってくれば、こちらにはわかりません」

「吉田刑事の親戚が、たしか、指宿にいたな？」

「ええ、います」

「そこには、連絡を、取ってみたのか？」

「はい。電話をしてみましたが、そこにも、吉田刑事から、何の連絡もないそうです」

「引き続き、吉田刑事を探せ。こちらでも、探す。何かわかったら、すぐに、連絡するんだ」

と、十津川が、いった。

3

その頃、吉田は、下関から山陰本線の普通列車、二両編成のディーゼルカーに乗っていた。博多からは、鹿児島本線の特急で小倉まで行き、普通列車で、下関まで来た。

普通列車は、関門海峡トンネルを通り、九州から本州に、入った。そのことで、吉田は、少しホッとした。

今までの吉田は、常に刑事として、犯人を追いかけていた。それが、逆に、警察から姿を隠す、逃げるというのは、初めての、経験である。

下関から乗ったのは、十時二十一分発長門市行きの二両編成の普通列車だが、それでも車内は、ガラガラだった。

携帯は切ってあるし、GPS機能は、付いていないから、携帯から、警察に居場所を突き止められることは、まず、ないだろう。

吉田を乗せた普通列車は、山口県の日本海側をゆっくりと走っている。窓の外に日本海が、見え隠れする。

しかし、吉田の目は、海を見ているようで、見てはいなかった。

吉田が、見ているのは、五歳の娘、美香の顔だった。美香が今、どこにいるのかはまったく、見当がつかなかったし、美香を誘拐したのが、どんな相手なのか、また、どうして、美香を誘拐したのかも、吉田には、わからないのだ。

とすれば、しばらくの間は、電話の男の、いいなりになっているよりほかに、仕方がないだろう。

十二時二十五分、長門市駅に、着いた。

吉田は、列車から降りると、駅近くにある喫茶店に入った。

十二時を過ぎていたが、食欲は、まったくない。

電話の男は、吉田の行動に満足すれば、午後の一時に、電話をしてくるといった。だから、その時には、携帯の電源を入れなければならない。

喫茶店に入ると、吉田は、コーヒーを注文した。店の中には、吉田以外に、客は、一人もいなかった。いたのは、マスターらしい男と、三十代と思えるウエイトレスの二人だけである。

それでも、吉田は、しばらく店の中を見まわしていた。

犯人が、どこかで、自分のことを見張っているのではないか？　じっと耳を澄ませて、自分の行動を監視しているのではないか？　そう思ったからである。

しかし、新しい客は、誰も入ってこなかったし、マスターは、退屈そうに、ウエイトレスと話し込んでいる。

午後一時になったところで、吉田は、携帯の電源を入れた。

途端に、携帯が鳴る。

吉田は、携帯を耳に当てたが、すぐには、声を出さなかった。

しかし、一瞬の間が、あってから、

「私だ」

と、聞き覚えのある男の声が、いった。

「約束通り、一人でいる」

と、吉田が、いった。

「わかっている。今のところは、合格点をやってもいい」

「今いるところは」

と、吉田が、いいかけると、

「長門市内だな」

と、相手が、いった。

「私を尾行したのか？」

「尾行はしていない。だが、われわれは、あんたが今、どこにいるのか、ちゃんとわかっている」

「何をすれば、美香を返してもらえるんだ？」

「いいかね、まだ、あんたは、われわれのためになることを、何一つとして、やっていないんだよ。ただ、あんたが信用できるかどうかを、試している段階だ。一応、その段階は合格したが、まだ、点数をやるわけにはいかない。いいか、これからが、本番だ。あんたが、われわれの期待している通りに動けば、得点が増えて、最後には、あんたの大事な娘は、無事に、解放される。しかし、少しでも反抗すれば、われわれは、あんたを、見捨てる。用がなくなるからな。そうすれば、可哀そうだが、あんたの娘も、必要がなくなる。そのことを、よく覚えておいたほうがいい」

「わかった。それで、どうすればいいんだ？　教えてくれ」

「長門市発十六時十九分の益田(ますだ)行き普通列車に乗れ。その車内で、あんたに、近づいてくる人間がいる。その人間の命令に従えば、マイナス点は、つかない。これも、テストの一つだから、失敗しないように、気をつけるんだな」

と、いって、男の声が、消えた。

吉田は、携帯の電源を切り、腕時計に目をやった。

午後一時十分である。

電話の男は、十六時十九分、長門市発の普通列車に乗れといった。それまでに、まだ、三時間もある。

どうして、三時間もの間を、置くような、命令を出したのだろうか？

男は、現在、吉田のいる、だいたいの場所はわかっていると、いった。

しかし、吉田の持っている携帯には、ＧＰＳの機能は、付いていない。

とすれば、どうやって、吉田の現在位置を確認しているのだろうか？

今、吉田がいる喫茶店には、吉田のほかに客は、いない。まさか、店のマスターやウエイトレスが、犯人の一味ということはないだろう。

博多から、下関まで行き、下関から山陰本線に乗った、その車内でも、監視されている感じは、なかったから、尾行されては、いないのだ。

吉田は、慌てて、背広の内ポケットや、ズボンのポケットを、調べてみた。

内ポケットには、財布と警察手帳と、ボールペンが入っている。ボールペンは、どこにでもある、安物の国産品である。それを取り出してみる。

財布も警察手帳も、いつも通りで、何も、変わったところはない。ボールペンは、見慣れたものとは、少しばかり、違っていた。いつも使っているものよりも、少し太めで、少しばかり、重いのだ。

どうやら、これに、ＧＰＳの機能が付いているらしい。犯人たちは、これで、吉田の行動を、チェックしているに違いない。

吉田は、博多と鹿児島中央の間を走る八〇〇系の新幹線「さくら」の車内で、ほかの乗客のトランクを調べたり、何度も、車掌と話し合ったりしている。どうやら、その間に、いつも使っているボールペンを、ＧＰＳ機能の付いたボールペンに、すり替えられたらしい。

これで、吉田の居場所を、犯人たちが、知っていたわけがわかったが、今、吉田のいる完全な、細かい場所までは、わからないに違いない。それで、電話の男は、三時間も後の、十六時十九分発の、益田行きの普通列車に乗れといったのだろう。

その間に、電話の男か、あるいは、共犯者が、長門市駅に、急いで、駆けつけることになっているのだろう。

吉田は、そう、考えた。

時間を見計らって、吉田は、喫茶店を出ると、駅に向かった。

長門市駅十六時十九分発の普通列車に乗る。一両編成の可愛らしいディーゼルカーである。この車内も、空いていた。

各駅停車なので、小さい駅にやたらに停まる。

不意に、三十ぐらいに見える、サングラスをかけた、一人の女が、近づいてきて、吉田の隣に腰を下ろした。

「吉田刑事さんね？」

その女が、声をかけてきた。

整った顔立ちだが、薄化粧で、着ている服も地味なものだった。

「そうだが」

と、うなずきながらも、吉田は、相手に、違和感を覚えていた。どこか、ちぐはぐな感じがしていたからだ。

「ここまであなたは合格です」

「テストだとか何とかいっているが、君たちは、いったい、私に、何を、やらせようというんだ？」

「終点の益田駅に着いたら、そこで、仲間に紹介します。その時に、何をやっていただくのかを、説明しますから、それまでは、詮索をしないように。マイナス点になってしまいますよ」

と、女が、いった。

「美香は、無事なんだろうな？」

あまり、詮索をしないようにと、女はいいながら、折りたたんだ、刺繍の付いた可愛らしいハンカチを、吉田に渡してよこした。

吉田には、そのハンカチに、見覚えがあった。テディベアの刺繍が付いたハンカチである。美香という名前も、刺繍してある。三枚揃っているものを、美香に買ってやり、その一枚を、今回の旅行に、持たせてあった。

女が吉田に渡したのは、そのハンカチに間違いなかった。

十八時九分、終点の益田駅に着いた。

女はここで、仲間を紹介するといったが、どうやら、まだ来ていないらしくて、どこかに、携帯をかけてから、

「十八時二十八分発の特急『おき』に乗っていただきます」

と、吉田に、いった。

切符の手配も、その女がした。

女が乗れと指示したのは、「特急スーパーおき六号」だったが、いざ乗ってみると、特急とはいっても、たった、二両編成の可愛らしい特急だった。

ただ特急だから、各駅停車の普通列車とは違って、小さな駅は、停まらずに飛ばしていく。そこだけは、特急列車らしかった。

「行き先は、松江(まつえ)」

と、女が、いった。

吉田が、黙っていると、女は、続けて、

「疲れたでしょう？　少しは、眠ったほうがいいですよ。松江に着いたら起こしますから、寝てください」

と、いった。

口調は丁寧だが、妙に事務的に聞こえる。

吉田は、目を閉じた。だが、緊張で眠れない。そこで、目を閉じたまま、考えをめぐらした。

隣にすわっている女は、最初、益田駅で、仲間を紹介するといった。

しかし、益田駅には、仲間は来ていなくて、女は、どこかに、携帯で連絡を取った後、米子(よなご)行きの「特急スーパーおき六号」に、吉田を乗せた。

それは、彼らの計画が、正確に動いていないのか、それとも、わざと、吉田を引きまわして様子を見ているのか、吉田には、判断がつかなかった。

松江に二十時三十八分に着いた。

駅からは、女は、迷わずにタクシーを拾い、十二、三分走ったところで降りた。

二階建ての一軒家の前である。

明かりがついている。

家の中に入っていくと、二十畳ほどのリビングに、男が五人いた。各々が、帽子をかぶったり、サングラスをかけ、マスクをして、素顔を、見せないようにしている。どうやら、この面々が、仲間らしい。

その中に一人だけ、四十代に見える男がいて、彼が、吉田に向かって、

「よく来たな。これからが、本番だから、しっかりやってほしい。われわれだって、あんたの娘を殺すようなことは、したくはないんだ」

と、声をかけてきた。

電話の声だった。

「君たちは、私に何をやらせたいんだ？」

吉田は、その男に、きいた。

男は、吉田の問いには、答えず、その代わりのように、

「松江は、初めてか？」

「ああ、初めてだ」

「この松江という町は、歴史の町でもあるし、観光の町でも、ある。そして、宗教の町でもある。宍道湖という美しい湖もあるし、近くには、出雲大社という日本一の大きな神社もある。松江城もある。昔から、裕福な町だ。日本全国には、有名な城が、いくつもあるが、その城祭りを、来月、この松江でも、やることになっている。この不景気の時代でも、この松江だけは、景気がいい。観光のために、松江市は、五億円の経費をかけて、その城祭りを、賑やかにやろうとしている。近くに、山陰第一の、銀行があるが、その資金が、松江市から預けられている。五億円の金だよ。われわれは、明日、それをいただく」

「そんなことが、簡単にいくと思っているのか？」

「だから、あんたに、一役買ってもらいたいんだ」

と、男が、いった。

「私は、たしかに、刑事だが、悪いことをするのに、それが、役に立つとは、思えんがね」

「いや、大いに、役に立つ。しかし、そのためには、私のいう通りに、動いてもらわなければならない。繰り返すが、途中で妙な気を起こしたら、あんたの娘は、間違いなく死ぬ。それだけは、忘れずに、覚えておくといい」

そういった後、男は、口調を、改めて、

「それでは、どうやって五億円をいただくのか、それを、説明する」

4

翌日、変装を施したその男と、吉田は、品川ナンバーの車に乗って、松江市内で、山陰最大といわれるM銀行のS支店に向かった。

昼休みの時間に、銀行に着くと、二人は、正面から中に入っていき、受付で、まず、吉田が、警察手帳を見せた。

「支店長に、内々で、お話ししたいことがあるので、呼んでいただけませんか?」

支店長に会うと、改めて、吉田が、警察手帳を見せ、同行した男が、説明する。

「私は、警視庁捜査一課の金子といいます。こちらは、同僚の、同じく警視庁捜査一課の吉田刑事です。実は、私たちは、特別任務を与えられて、この町に、来ました」

「どんなことでしょうか？」

支店長が、緊張した顔で、きく。

「実は、ブラジルから、銀行強盗のグループが、日本に、入国したという知らせが、あったのです。彼らは、国際手配されているグループで今までに、世界じゅうでいくつもの銀行を、襲っているものの、いまだに逮捕されておりません。抵抗した者を、容赦なく、射殺してしまい、証拠を残さないで逃げてしまうのです。すでに、日本に入ってから、仙台の銀行が、やられていますが、マスコミには、報道規制を敷いてもらっています。そこで、われわれが、彼らの足跡を追って、ここまで、来ました。どうやら、この松江に、入ったらしいという情報が、流れてきたからです。変装しているものと思われますが、この似顔絵の二人が、グループのリーダーのようです」

金子を名乗った男が、男女二人の似顔絵を、支店長の前に示した。

「ご覧のように、二人とも、派手な顔をしています。日系二世ですが、日本語がペラペラで、誰もが、完全な日本人と、間違えてしまうのです。この二人が、今日、この銀行に、下見に、やって来るかもしれません。あるいは、銀行強盗に、早変わりするかもしれませんが、仲間もいるので絶対に抵抗しないでください。ブラジルでは、抵抗した行員の何人かが、殺されているからです。われわれとしては、何としてでも犯人を逮捕したいが、だからといって、犠牲者は、出したくはありません。そこで、この二人が、仲間と、銀行強盗に早変わりした時には、この携帯に、知らせてください。電話をかけて、何もしゃべらずに、切ってくださって構いません。声を出すと、彼らに、気づかれてしまいますからね。この番号に電話して、われわれが来るのを、じっと、待っていてほしいのです。われわれは、県警の刑事たちと一緒にこの銀行の近くに、待機しています。電話がかかってきたら、二、三分で彼らを包囲して、グループ全員を、逮捕したいのです」

金子は、自分の携帯の番号を、メモ用紙に書いて、支店長に渡した。

「いいですか、念を押しますが、この二人が入ってきても、ただ、入ってきただけでは、逮捕のしようがないのです。銀行強盗に早変わりした時か、あるいは、それらしい行動を、取った時、すぐに、この携帯の番号に、声を出さず知らせてくれればいいのです。われわれとしては、日本の警察の、名誉にかけても、世界的に指名手配されている、この銀行強盗グループを一人残らず、逮捕したいのです。ですから、ぜひ協力していただきたい。お願いします」

金子が、熱心に話す。

支店長は、緊張した、蒼白な顔で、うなずいた。

金子は、隠れ家に戻ると、早速、作戦会議を、始めた。

吉田を、ここまで案内した女は、口紅を濃く塗って、黒髪を、黄色く染めていく。

もう一人、背の高い三十代の男も、金髪に染めていった。

午後二時三十分、即製のブラジルの日系二世二人が、問題の銀行に向かって、家を出ていった。

二人が銀行に入ると、行員たちが、一斉に、二人に、目を向けた。しかし、支店長のいいつけを守って、声を出さない。

二人は、銀行の中の椅子に、腰を下ろして、テーブルにあるパンフレットに目を通している。

最後に残っていたお客が出ていくと、途端に、二人は、銀行強盗に早変わりした。

拳銃を取り出して、行員たちを、脅かす。

支店長が、行員の一人に目配せをした。その女子行員は、自分の携帯を取り出すと、机の上に、張っておいた携帯の電話番号を見て、机の下で、その数字を押した。

その間に、二人の、強盗犯の仲間と思われる男たちが、入ってきた。犯人たちは、行員を脅かし、五億円の現金を、持ってきたスーツケースに、詰めさせると、次々に、裏口から運び出していく。

支店長は、約束どおり、抵抗せず、ロビーの掛け時計に目をやっていた。警視庁捜査一課の刑事は、知らせを受ければ、二、三分で、駆けつけるといっていた。

一分、一分三十秒、二分、三分……。

だが、刑事たちは、いっこうに、現われない。

その間に、五億円の現金は、裏口から運び出されてしまった。

その五分後、裏口から、吉田刑事と金子の二人が、飛び込んできた。

「遅いじゃないですか！」

と、支店長が、怒鳴った。

「なぜ、電話しなかったんだ！」

と、金子が、怒鳴り返す。

「いわれた通りに、連絡しましたよ」

と、また、支店長が、怒鳴る。

「ずっと携帯を、見ていたんだが、まったく連絡がなかったぞ」

「そんなことはない」

支店長は、女子行員の一人に向かって、

「電話をしたな？」

「ええ、しました。二回しました」

女子行員が、答える。

「バカなことをいっちゃいけない。私の携帯には、連絡が、なかったんだ」

と、いって、金子が、その女子行員のそばに行き、

「ちゃんと、こちらが書いた通りの番号に、連絡をしたのか？」

「ええ、しました。間違いありません。０９０・３×××・３９７１」

暗唱するように、女子行員が、いった。

途端に、金子が、怒鳴った。

「バカ者！　番号が、違っているじゃないか！　よく見ろ！」

机の上に置いたメモ用紙に書かれてあった番号は、金子がいうように、数字が違っていた。

０９０・３×××・３９１１である。

途端に、その女子行員が、ワーッと泣き出した。

「１と７を間違えたんだな」

と、金子が、いった。

今度は、支店長の顔が、真っ青になった。

「間違えたのか？」

と、女子行員に、きく。

女子行員は答えず、ただ泣いているだけである。

金子は、吉田刑事と一緒に、支店長室に入っていった。

「申し訳ありません」

今度はひたすら、支店長が、頭を下げる。

「今回は残念でしたが、仕方がありません。ただ、このことは、しばらくの間、外部には、伏せておいてもらいたいのですよ」

と、金子が、いった。

「どうして、伏せておくのですか？」

「いいですか、ニュースにならなければ、連中は図に乗って、もっと大きな銀行を、狙うはずです。東京か、あるいは大阪の銀行をね。今回のことが、マスコミに流れて、ニュースになってしまうと、連中は、おそらく、警戒するでしょうから、われわれは、逮捕のチャンスを失ってしまう恐れがあります。そうはしたくないのです。何回もいいますが、日本の警察の、名誉にかけても、彼らを全員、逮捕したいのですよ。ですから、しばらくの間は、このことを、外部には、黙っていてください」

「しかし、五億円は、大金ですから、自然に漏れてしまうかもしれませんよ」

「その時はその時で、仕方がありませんが、その場合でも、私たち二人のことは、絶対に内密に願いたいのですよ。われわれは、ブラジルの警察とも、連絡を取り合って、共同捜査をやっていますから、そのことがマスコミに流れてしまうと、捜査が、しにくくなってしまうのです。ですから、絶対に、われわれのことは、内密にしておいていただきたいのです。それに、今回のことも、できるだけしゃべらないようにしておいていただきたい。今もいったように、連中は図に乗って、必ず、また同じことを、やります。その時こそ、チャンスです。絶対に、彼らを、逮捕したい。われわれは、そのチャンスを失いたくないのです」

と、金子は、力を込めて、いった。

金子は、その後、

「携帯の番号を、間違えた女子行員ですが、クビにしたりしないで、いただきたい。彼女も、われわれに協力しようと思って、一生懸命やってくれたんでしょうが、あまりにも緊張しすぎて、番号を、間違えてしまったのでしょうからね。彼女を責めないでいただきたい」

二人は、外に置いてあった、品川ナンバーの車に戻った。

「今日、あんたは、よく、やってくれたよ。プラス二点だ。あと三点で、娘を返す」

男は、事務的な口調で、いった。

「あの番号は、よく、手品で使うヤツだろう？　時間が経つと消えてしまうインクで、番号を書く。そして、逆に、時間が、経つと現われるインクで、別の番号を、書いておく。よく手品で使う手だ」

と、吉田が、いった。

「ああいう、簡単な手品ほど、いざという時には効き目があるんだ。警察だってそうじゃないのか？」

男が、ニヤッとした。

「あと三点といったな？」

「ああそうだ」

「いつまでも、あんたたちに、つき合う気はない。あと三点って、次は、何をやらせる気だ？」

「それは、まだ知らないほうがいい」

「どうして？」

「次には、もう少し大きな仕事を、やりたいと思っているんだ。今、その内容を、知ったら、あんたの気が、変わってしまうかもしれないからな」

そういってから、男は、急に、アクセルを踏んだ。

5

捜査会議で、三上本部長が、案の定、不機嫌に、声を荒らげた。

「いったい、どうなっているのかね？　九州で、吉田刑事の五歳の娘が消えたと思ったら、今度は、父親の、吉田刑事まで消えてしまったんだろう？　私が納得いくように、説明したまえ」

三上は、強い目で、十津川を睨んだ。

「たしかに、娘が、消え、吉田刑事も現在、行方不明になっていますが、この二つには、何らかの関係があると思っています。吉田刑事は、娘を誘拐され、助けようとして、犯人と、交渉しているのかもしれません。われわれ警察に、相談すれば、娘を殺すといわれていて、連絡してこないというか、連絡したくても、できないのかもしれません」

と、十津川が、いった。

「だからといって、何の連絡もないというのは、どう考えても、おかしいじゃないか？」

「私も、おかしいとは思いますが、現在、吉田刑事が、どんな立場に、置かれているのかが、わかりません」

「君は、何の疑いも、持たないのかね？」

「どういう疑いですか？」

「吉田刑事について、いろいろと悪いウワサが、急に、私の耳には、聞こえてくるようになったんだがね。吉田刑事のマンションで、殺されていた女性は、ホステスじゃないか。その女性と吉田刑事に、関係があったとしても、おかしくはないだろう」

「たしかに、吉田刑事は、少しばかり変わったところが、ありますが、悪いことは、できない男です」

と、十津川が、いった。

「君は、今朝出た、週刊誌を読んだかね？」

と、いきなり、三上が、いう。

「一応、目を、通しました」

「あの週刊誌の記事は、警視庁を、完全にバカにしているじゃないか？　警視庁捜査一課の刑事ともあろう者が、たった、六両編成の新幹線、しかも、乗客は、二百八人しか乗っていない列車だよ。そのたった二百八人の乗客の中で、自分の娘を、誘拐されて気がつかなかった。さらには、その刑事には、警察は、アリバイがあると、いってはいるが、ホステス殺しの容疑さえかかっていると、書いてある。明らかに、警察をバカにした書き方をしているが、そう書かれても、しょうがないだろう。これでは、凶悪犯が、なかなか捕まらないのも当然だ。記事には、そこまで、書いてある」

「読みました」

「いいか、あれは、吉田刑事一人が、バカにされているんじゃないぞ。警察全体が、バカにされているんだ」

「それも、よくわかっています」

三上のご機嫌は、ますます悪くなって、

「本当に、吉田刑事の娘は、誘拐されたのかね？」

そんなことまでいい出した。

「どうしてでしょうか？」

「あの週刊誌に、書いてあるように、たった二百八人の乗客の中なんだよ。その中の一人、それも、五歳の女の子が、消えてしまったのに、一緒にいた親が、まったく気がつかなかったというのは、どう考えたって、おかしいじゃないか？　吉田刑事が、わざと、事件を起こした。そういうことは、考えられないのかね？」

と、三上が、いう。

「吉田刑事が、何のために、そんな事件を、起こすんですか？」

「自分に対する疑いを、そらすためだよ。いいかね、吉田刑事には、自宅マンションでホステスが殺されていた事件の疑いが、かかっているわけだろう？　共犯かもしれない。その疑いから目をそらさせるために、派手な誘拐事件を演出した。自分の娘が、誘拐されたとなれば、誰もが、吉田刑事に、同情する。吉田刑事は、それを狙って、自分の娘を、どこかに、隠したんじゃないのかね？」

「そんなことは、絶対に、ないと思います。吉田刑事のことを、信じていますから」

と、十津川が、いった。

「しかしだね、週刊誌に、書かれていたこと以外にも、吉田刑事には、いろいろな、悪いウワサがある。君だって聞いているはずだ」

三上の追及は、厳しかった。

たしかに、今度の一連の事件が、次々に起きて、調べてみると、なぜか、吉田刑事の悪いウワサがあり、更には、聞き込みや尋問中の、横柄(おうへい)な態度などへの批判が、流れるようになってきたのである。

たしかに、吉田刑事は、品行方正とはいえない。酒が好きだし、たぶん、女も、好きだろう。

だからといって、三上本部長がいうように、殺されたホステスの事件に、関係しているとか、それを隠すために、自分の娘の行方不明を、自作自演しているとは、十津川は、思っていなかった。

6

吉田刑事が、突然、姿を消してから、北条早苗刑事は、二日間、九州に残って、吉田の行方を探したが、どうしても、見つからない。

すでに、九州にはいないのか？

十津川は、そう考えて、四月十一日に、東京に呼び戻した。

十津川は、今日の、三上本部長の、怒り声を思い出しながら、三田村刑事と北条早苗刑事、そして、亀井刑事を交えて、吉田刑事について、意見を、交換した。

「たしかに、三上本部長の言葉にも、うなずけるところがあるんだ。ここに来て、吉田刑事についての、悪いウワサが流れていて、評判は芳しくない。そのことについて、まず、三田村刑事の意見を聞きたい。君は、吉田刑事のことを尊敬していたんだろう？」

「はい。今でも、尊敬しています」

「じゃあ、この一連の事件後に流れ出した、吉田刑事のウワサについて、君の意見が、聞きたい」

「たしかに、吉田さんには、ちょっと、変わったところがあります。酒も好きですし、女も好きでしょう。それを、隠したりしません。しかし、だからといって、殺人事件に関係したり、誘拐に見せかけて、自分の娘を、隠したりはしませんよ」

「その理由は？」

「吉田さんの自宅マンションで、火事があって、ホステスが死んでいました。しかし、吉田さんが、犯人なら、こんなバカな殺し方はしないんじゃないかと、思うのです。自分のマンションの部屋に死体を置いて、そこに火をつけたりすれば、真っ先に、自分が疑われますからね。羽田、福岡間の航空便の搭乗者名簿にも、名前はなく、アリバイも証明されています。それに、誘拐されたと思われる娘の美香ちゃん、本当に可愛い子なんですよ。吉田さんは、心の底から、美香ちゃんを、可愛がっていました。そんな娘を誘拐に見せかけて、どこかに、隠したりはしないでしょう。第一、何のために、隠したりするんですか？　そうする理由がありませんよ」

「それは、自分の娘が、誘拐されたと見せかけるためだ。三上本部長も、そういっていたじゃないか？」

と、亀井が、いう。

「しかし、そうすることで、どんなメリットがあるんでしょうか？　そんなことをしたって、何の得にもならないじゃないですか？」

「彼は、アリバイが証明されたとはいえ、マスコミからは、ホステスを殺したのではないかと、疑われている。共犯の線だって、ありうる。その疑いを、ほかに、そらすためだよ。これも、三上本部長がいっていた」

「しかし、そうだとしても、やり方が、あまりにも、バカげていますよ。吉田さんらしくない。もし、吉田さんが、本当にホステスを、殺しているとしたら、自分の娘を誘拐に見せかけて、どこかに隠し、自分への疑いを、ほかに向けさせようとは、しないと思います。必ず、自首してくるはずです。吉田さんは、そういう人ですよ」

と、三田村が、いった。

「北条刑事は、どう思う？」

十津川が、早苗を見た。

「私は、三田村刑事とは、少しばかり考え方が、違います」

と、北条早苗が、いった。

「ぜひ、それを、聞きたいもんだね」

「三田村刑事も、認めているように、吉田刑事という人は、少しばかり、変わっています。女性のことは、私にはわかりませんが、お酒は好きです。もちろん、それは、いいのですが、人間的に隙があるということに、なるんじゃないでしょうか?」

「なるほどね」

「世の中には、悪い人間が、たくさんいます。その中には、現職の刑事を、利用すれば、悪いことが、うまくできるんじゃないかと考えている人間も、いると思うのです。そういう人間たちから見れば、吉田刑事は、うまく利用できる現職の刑事に、見えるのかもしれません。ひょっとすると、今回の事件は、そういう事件かも、しれないと、思うのです」

「そうすると、吉田刑事が、行方不明になっている現在は、どんな状況だと、思っているんだ？」

「はっきりとは、いえませんが、誘拐された娘さんのことで、犯人と、折衝をしているのではないでしょうか？　それが、微妙な折衝なので、上司にも、同僚にも相談できない。そんなことではないかと、思っているんですが」

と、早苗が、いった。

「今の北条早苗刑事の意見に、反対です」

と、亀井が、いった。

「吉田刑事は、ベテランの刑事です。いくら微妙な立場だといっても、われわれに、連絡をするぐらいのことは、できるはずです。微妙な立場ならば、余計に、私たちの助けが、必要なんじゃないでしょうか？　それなのに、まったく、連絡してこないということに、私は、疑いを、持っています」

十津川自身は、自分の意見は、口にしなかった。

三田村刑事の言葉にも、北条早苗刑事の言葉にも、亀井刑事の言葉にも、たしかに、今度の事件の核心に、触れているものがあると思った。

これまでの刑事生活の中で、十津川は、何人もの現職の刑事が、悪の道に走るのを、見てきている。定年まで、真面目（まじめ）に、勤勉に働くのは、難しい。

それに比べて、悪徳刑事になるのは、簡単なのだ。

十津川は、そのことを、考えていた。

7

その頃、吉田刑事と、まんまと、五億円をせしめた六人の男女は、京都に来ていた。正確にいえば、京都の郊外、美山（みやま）にである。

京都という町は、不思議な町である。一千年の古都であり、爛熟（らんじゅく）した文化や、宮廷文化が栄え、一年に、何千万もの観光客が集まる場所といわれながら、京都の郊外には、農家もあるし、さらに、北に行けば、漁港もあって、日本海の海が、見えるのだ。

それなのに、東京のように、郊外が宅地化していかないのである。

京都から車で、四十分も行けば、農家が点在する田園風景が、広がっている。

最近では、京都郊外の、美山というと、有名になってしまって、日曜日ともなると、観光客が、集まってくる。バイクでやって来る若者もいる。

しかし、東京と、違っているところは、そこに、ビルが、建ったりはしないのである。

その古民家を一軒借り切って、そこに連中が、住みついている。

吉田には、二階の角部屋（かどべや）が与えられていた。

金子と呼ばれる男が、どうやら、連中のボスらしい。

松江の銀行では、金髪で、長身で、派手な化粧をし、ブラジルの、日系二世をよそおっていた、男女の二人も、今は黒髪に戻して、化粧も落としている。

金子が、吉田刑事に、いった。

「次に、もう少し大きな仕事をやる。成功すれば、あんたに与えられる点数は三点だ。この間の二点と合わせれば合計で五点になる。そうすれば無事、娘に会えることになるんだ。だから、娘のことを思って、つまらない考えは、捨てて、われわれに、協力してほしい」

「娘は、今、どこにいるんだ？」

「場所はいえないが、仲間の一人が、この近くに連れてきてある」

「いつになったら、娘に、会わせてくれるんだ？」

「今もいったように、次に、前よりも大きな仕事をやる。それが、成功すれば、すぐに会わせてやる。それに、分け前を、やってもいい」

「そんなものは、要らない。それより、次は、どんなことをやるんだ？」

「それは、直前になったら、話してやる。しかし、今は、まだダメだ。それにしても、あんたという刑事は、あまり、評判がよくないね」

金子は、一冊の週刊誌を、吉田に渡した。

その週刊誌を手に取った、吉田の顔が、見る見る青ざめていった。


「警視庁捜査一課の名物刑事は、悪徳刑事か？　はたまた、犠牲者か？」


それが見出しだった。

記事を読んでみると、吉田刑事とは書いていない。某刑事と、書いてある。

しかし、全体の論調は、一見、一人娘を誘拐された、被害者のように見えるが、よくよく、今までの行動を見てみると、自宅マンションの焼け跡から、焼死体となって見つかった、ホステスを殺した容疑もあり、悪徳刑事の匂いがプンプンする。

そんな論調だった。

その週刊誌の記事は、吉田にとって、ショックだった。

その気持ちを、見透かしたかのように、金子が、いった。

「どうかね、いっそのこと、警察を辞めて、われわれの、仲間に入らないかね？　歓迎するよ」

吉田は、黙っていた。もちろん、連中の仲間になるつもりなどは、ない。

しかし、このままで行けば、どんな非難を受けるかも、わからない。

その上、現在、彼自身は、姿を消した形になっている。このままで行けば、ますます、さまざまな、非難を浴びるようになるだろう。

彼のマンションで、死んでいたホステスには、大学の友人に誘われて、六本木に飲みに、連れて行かれた時、店で、会ったことがあるのかもしれない。吉田自身は、覚えていないが、酔っ払って、彼女の腰に手をまわしたようなことも、あったかもしれない。

行ったことが、あったにしても、覚えていないのだ。だが、それを、証明することは、できない。

どうしたら、いいのか?

いちばんいいのは、ここを抜け出して、警視庁に、連絡を取り、ここの連中を、逮捕することである。

しかし、今は、何もできない。

妻を墜落事故で失ってから、吉田の生きがいは、五歳の一人娘、美香一人に、なってしまっている。吉田にとって、警視庁捜査一課をクビになるよりも、美香を失うことのほうが何倍も辛(つら)い。

金子は、次の仕事が成功したら、娘の美香を返すといった。

しかし、無事に返すとはいっていない。それほど、ここにいる連中は甘くないだろうし、吉田自身も、そう甘くは考えて、いなかった。

何しろ、吉田は、連中の顔を、素顔ではないにしても、見ているし、連中がやったことも、見ている。

それを考えると、次の仕事がどんな仕事なのかは、わからないが、たぶん、連中は、それが成功したら、吉田を殺そうとするだろう。

しかし、その時はまた、美香を、取り返すチャンスでもあるのだ。

吉田は、警察手帳を、取り出し、その余白の部分に、ＧＰＳ機能の付いているボールペンで、六人の連中の特徴を、書き込んでいった。何かの時に、役に立つだろうと思ったからである。


金子。本名かどうかは、わからず。四十代と思われる。ボス的存在で、仲間に、いろいろと指示をしている。身長百七十五センチで、痩せぎす。

小笠原。年齢三十歳前後。本名か、あるいは、小笠原の生まれなのか。日に焼けていて小太り。

秋田。身長百八十五、六センチ。いちばん背が高い。言葉に東北の訛りがあるから、秋田の生まれか？

ワルサー。これは、明らかに通称だろう。いつもワルサーの拳銃を持っているが、本物かどうかはわからない。三十歳すぎくらい。中肉中背。

高木。いちばん若く、二十代の前半に見える。移動する時、ワンボックスカーの運転をしている。

加奈子(かなこ)。唯一の女性。女性としては背が高い。三十歳くらいか？

このうちの、秋田と加奈子の二人が、金髪に髪を染めて、日系二世に化けている。

この中でいちばんキレそうで危ない男は、小柄な小笠原である。何となく、目つきがおかしい。ひょっとすると、薬をやっているのかもしれない。

もし、自分が殺されることがあるとすれば、殺すのは、この小笠原だろうと、吉田は、思った。

第五章　落とし穴

1

「これから、いよいよ、最後の仕事に取りかかることにする。これが成功したら、あんたの可愛い娘さんを、無条件で、返しますよ。だから、吉田さん、あんたも頑張ってやってください」

金子が、吉田に、いった。

「いったい、この私に、何をやれというんだ？」

吉田は、荒っぽい口調で、詰問した。

金子たちが、自分に、何をやらせるつもりなのかはわからないが、娘を取り返したら、その時が勝負だと、吉田は、決めていた。

「今から、全員が、バラバラに、思い思いのルートを使って、鹿児島に行く。明後日の二十日、全員が、鹿児島中央駅から博多行きの九州新幹線『さくら四一〇号』に乗る。吉田さん、あんたが、主役なんだから、それに、乗ってもらわなくては困る」

「ちょっと待て」

吉田が、眉を寄せて、金子を見た。

「『さくら四一〇号』といえば、私の娘の美香が――」

と、吉田が、いいかけると、金子が、その言葉を制して、

「その通りですよ。あんたが、娘さんを見失った、九州新幹線です。同じ列車に乗ってもらいます」

「どうして、私を、同じ『さくら四一〇号』に、乗せるんだ？」

「いいですか、あんたは『さくら四一〇号』博多行きの列車の中で、娘さんを、誘拐された。当然、ＪＲ九州は、あんたに借りというか、弱みがある。だから、あんたが、車内で乗務員にいろいろと要求をしても、ＪＲ九州は、心情的に、断

わりにくい」

「まさか、あの日、『さくら四一〇号』の中で、私の娘を、誘拐したのは、予定の行動だったんじゃあるまいね？」

吉田が、いうと、金子が、笑った。

「もちろん、予定の行動でしたよ。あんたは、娘がいなくなった上、現職の刑事さんだ。明後日、いろいろなことを、ＪＲに要求しても、向こうは、断わりにくい。まさか、あんたが、悪いことをするとは、夢にも、思っていないからだ」

金子は、いちばん若い、高木に、目をやって、

「二十日の『さくら四一〇号』の切符は、買ってあるか？」

と、きいた。

「全員の分を買ってありますよ」

と、高木が、答える。

「それを、全員に渡すんだ。もう一つ、例の、アメリカの視察団は、間違いなく、二十日の『さくら四一〇号』に乗るんだな？」

「今のところ、変更の話は、ありません」

「連中が、先頭の六号車に、乗ることにも、変更はないんだな？」

「報道関係をよそおって、JR九州に問い合わせをしてみましたが、変更は、ないそうです。ですから、先頭の六号車は、貸し切りになります」

高木が、二十日の「さくら四一〇号」の切符を、全員に、渡していった。

吉田が受け取ったのは、「さくら四一〇号」の、四号車の切符だった。

そのことが、また、吉田の胸に刺すような痛みを与えた。

あの時、吉田は、娘の美香と「さくら四一〇号」の四号車に乗っていたのである。そして、娘の美香が、車内からどこかに消えてしまったまま、今もその行方がわからないのである。いや、金子たちが、どこかに監禁していることは、わかっているのだ。

「九州新幹線に乗って、何をするつもりなんだ？」

吉田が、金子に、きいた。

金子が、また笑う。いちいち頭にくる。

「まだわからないのか？　あんたを含めた俺たちで、九州新幹線に乗るんだ。あんただって、現職の警視庁の刑事なんだから、大体の想像はつきそうなもんだ」

「列車の乗っ取りか？」

「まあ、そんなところだ。あんたが、主役になってやるんだよ。どうだ、楽しいだろう？　相手は、今もいったように、あんたに借りがあるから、遠慮するし、警戒はしない。だから、絶対に、成功する」

　金子が、また、笑いながら、いった。

「三つ約束してくれ」

　と、吉田が、いった。

「三つ？　三つとは、ちょっと、多いんじゃないか。まあ、聞くだけは、聞きましょう。いってみてくれ」

「第一、これで終わりにする。第二、人を殺さない。第三、間違いなく、娘の美香を返す。この三つだ。それが、約束されない場合は、私は『さくら四一〇号』には乗らん」

「いいだろう。約束しよう。ただし、あんたのミスで、今回の仕事が、成功しなかったら、その時は、この約束はなかったものと、思え。いいな？」

　金子が、笑いを消した顔で、吉田を見た。

2

吉田は、鹿児島まで、一人にしてくれるかと、期待したが、やはり、ボスの金子が、一緒にくっついてきた。

金子と二人で、大阪・伊丹から、鹿児島行きの飛行機に乗った。

鹿児島に着くと、金子が予約しておいたホテルに、チェックインした。

吉田には、シングルの部屋が、与えられたが、夕食をとっている時、金子が、

「明日二十日は、大事な日だからね。今晩は、よく寝て、英気を、養っておいてくださいよ」

と、妙に、優しい口調で、いった。

吉田は、個室に入り、ベッドに横になったが、眠れるものではなかった。

吉田の携帯は、金子に取り上げられてしまっている。この部屋の電話、つまり、ホテルの電話を使えば、外との連絡はできるだろう。

だが、証拠が残ってしまう。もし、金子にバレたら、たぶん、娘は、帰ってこ

ないだろう。

仕方なく、部屋のテレビを、つけた。我慢して、ニュースの時間まで、つけっぱなしにしておく。

やっと、見たいニュースの時間になった。

しかし、金子たちがやった銀行強盗のニュースは、一週間も経っているのに、今日も、画面には出てこなかった。

吉田の警察手帳を信じた支店長が、銀行首脳陣を、説得したとしても、もう、バレているはずである。警察が、マスコミに対して、公にしていないのだろう。

代わりに、突然画面に、九州新幹線「さくら」の写真が出てきた。

アナウンサーが、いう。

「日本が、新幹線の売り込みを図っていたアメリカから、七人の視察団が来日しました。明日、視察団の一行は、鹿児島中央発、博多行きの九州新幹線『さくら四一〇号』に乗ることになっています。そのため、明日の『さくら四一〇号』の先頭六号車は、アメリカの視察団のために、貸し切りになりますから、一般の乗客の皆さんは、先頭車両に乗ることはできません。どうぞご注意ください」

吉田は、金子が、若い高木に向かって、アメリカ人が、どうのこうのと、いっていたのを思い出した。明日二十日、鹿児島中央発博多行きの「さくら四一〇号」をトレインジャックすると、金子が、いった。

その列車に、何人の乗客が乗っているのかはわからない。しかし、乗客は全員、間違いなく、人質になるだろう。そして、アメリカ人七人もである。

明日は、ウィークデイだから、あの時の「さくら四一〇号」と同じように空いていれば、たぶん、二百人ぐらいが人質になるはずだ。

その「さくら四一〇号」を、明日トレインジャックして、金子は誰に、何を要求するつもりなのだろう？

3

翌二十日は、朝から、快晴だったが、それが、いい予兆なのか、悪い予兆なのか、吉田にはわからない。

彼が、金子と一緒に、鹿児島中央駅に入っていった時には、すでに、博多行きの「さくら四一〇号」は、ホームに入線していた。

吉田は、四号車の座席に、腰を下ろした。あの時の席と近い。

あの時、吉田の隣には、美香がいた。そのことが、吉田の胸を刺す。

金子は、吉田の後ろの席に腰を下ろした。そこが、一番、吉田を監視しやすいのか。

車内を見回すと、小笠原、秋田、ワルサーの三人が、バラバラにすわっている。加奈子と、いちばん若い高木の顔はない。

列車が発車するとすぐ、車掌が、車内検札に来た。その車掌が、ビックリしたような顔で、吉田を見た。偶然、あの時と同じ相川という車掌なのだ。

「たしか、吉田さんでしたね？」

車掌が、声をかけてくる。

「お嬢さんは、見つかりましたか？」

「まだ、見つかっていない。今も探している」

吉田はわざと、ぶっきらぼうに、いった。

「本当に、申し訳ありません。社長の持田も、申し訳ないといっております」

車掌が吉田に、頭を下げた。

「見つかるまで、探し続けるよ」

と、吉田が、いった。

川内、出水、新水俣と、「さくら四一〇号」は、次々に停車していくが、金子たちは、一向に、席を動かず、事件を起こすような気配はない。

十一時五十三分、熊本に着いた。「さくら四一〇号」は、熊本を出ると、終点の博多まで、新鳥栖だけにしか停まらない。

どうやら、その間に、この「さくら四一〇号」を、トレインジャックするつもりなのか。

一分の停車の後、「さくら四一〇号」は、熊本を発車した。

途端に、後ろの席から、金子が、吉田に向かって、

「さあ、あんたの、出番だ。仕事を始めるんだ」

小声だが、鋭い口調だった。

小笠原や秋田、ワルサーたちも、一斉に、座席から、立ち上がった。

相変わらず、加奈子と高木の姿はない。彼女たちは列車の外で、役目を待っているのか。

彼らは、拳銃を持っていた。本物か模型かは、吉田にも、わからない。

金子も、黒光りのする拳銃を片手に、吉田を追い立てるように、六号車の方向に向かって、通路を、歩いていった。小笠原が続く。

六号車には、アメリカ視察団の七人と、説明案内役のＪＲ九州の社員三人がいた。

吉田が、警察手帳をかざし、「事件が発生しました。そのままで」と叫びながら、六号車内を、運転席に向かって、走っていく。金子と小笠原も、それに続く。

アメリカ視察団員や、案内役のＪＲ九州の社員たちが、席についたまま、唖然(あぜん)

とした表情で、見つめている。

運転席のドアの前に、到着すると金子は、運転席のドアを、拳銃で叩いた。反応がないと、いきなり、拳銃を運転席のドアに向かって、撃った。それが、トレインジャックの開始だった。

4

ワルサーと秋田の二人が、車掌室を占拠した。そして、ワルサーが、車内放送を始めた。

小笠原は、拳銃片手に、車内を巡回し始めた。

「私は、警視庁捜査一課の吉田刑事である。先日、同じ『さくら四一〇号』の車内で、愛する娘の美香を、誘拐されてしまった。ＪＲ九州は、今に至るも、その責任を、取ろうとしない。娘の美香は、すでに、死んでいるに違いない。そこで、私は、仲間と実力でＪＲ九州に、責任を取らせることにした。今、私と仲間は、この『さくら四一〇号』をトレインジャックした。ＪＲ九州に、身代金を払ってもらうつもりだ。要求する金額は、十億円だ。間もなく、この『さくら四一〇号』は、停車する。要求通りに十億円が支払われれば、乗客も、アメリカの視察団の七人も、無事に、博多駅に着くことができる。それは、約束する。しかし、ＪＲ九州が十億円の支払いを拒否すれば、この八〇〇系新幹線六両を爆破する。乗客、それに、運転士と車掌の全員が死ぬことになる。もちろん、アメリカ人もだ。ＪＲ九州がおとなしく、身代金十億円を支払うことを、乗客の皆さんも、アメリカの視察団の皆さんも、祈ってくれ。われわれも、いたずらに、乗客やアメリカ人の命を奪いたくはないからだ」

その車内放送が終わった途端に、「さくら四一〇号」は、突然、熊本と新玉名の間で、停まってしまった。

5

ＪＲ九州の社長、持田は、博多にあるＪＲ九州本社の社長室で、事件の発生を知らされた。

秘書の後藤が、いう。

「何人かの人間によって、九州新幹線の『さくら四一〇号』がジャックされ、乗客の命と引き替えに、十億円を要求しています。未確認の情報ですが、四月五日に、同じ『さくら四一〇号』で、五歳の娘さんを誘拐された警視庁捜査一課の吉田という刑事が、どうやら犯人の中にいるようです。その吉田刑事は、娘を失った責任を、ＪＲ九州に取らせると、表明しているといわれています」

「それは本当かね？　あの時の吉田刑事が、トレインジャックの犯人たちの中にいるのかね？」

持田社長が険（けわ）しい表情で、きく。

「まだ、はっきりしないので、警視庁に照会しているところです」

後藤が、いった。

その時、警視庁から、ファックスの回答が飛び込んできた。

「ご照会の件について、回答いたします。

ＪＲ九州の『さくら四一〇号』のトレインジャックに、捜査一課の吉田刑事が加担しているという話を聞き、こちらでも、大変驚いています。

現在、吉田刑事を摑まえて、話を聞こうと思っていますが、摑まりません。四月八日から行方不明になっているのです。

現在、警視庁捜査一課の十津川警部と七人の部下を、そちらに急行させています。十津川警部たちが着くまで、身代金についての回答は、お待ちくださるようにお願いします」

持田社長は、ファックスに目を通してから、

「現在、『さくら四一〇号』は、熊本と新玉名の間で、停車中か？」

「そうです。停車したまま、動く気配がありません。列車は、犯人たちに占拠さ

れたと見ていいと思います」

「今、『さくら四一〇号』には、何人の乗客が乗っているんだ？　すぐに、調べてくれ」

「現在調査中です」

と、後藤秘書が、いった。

その数字が上がってきた。

一般乗客二百十五人（犯人グループを含む）プラス、アメリカ人七人、ＪＲ九州社員三人。合計二百二十五人。

ＪＲ側では、犯人から要求された十億円について、「すぐには用意できない。四時まで待ってくれるように」と、いい、それ以後、犯人側とＪＲ九州側との交渉は、一切、途絶えたままになっている。

警視庁捜査一課の十津川警部と、刑事七人が、福岡空港に到着し、待っていた車で、ＪＲ九州本社の社長室に向かった。

今、十津川が、何よりも早く知りたいのは、このトレインジャック事件に、吉田刑事が関係しているかどうかということだった。それを、ＪＲ九州の持田社長

にきくと、

「『さくら四一〇号』に乗務している二人の車掌のうちの一人が、携帯電話で知らせてきたのですが、問題の『さくら四一〇号』の四号車に、先日、娘さんを誘拐された吉田という警視庁の刑事が乗っていた、という報告が入ってきています。その吉田刑事が、今回のトレインジャックの、本当の仲間なのかどうかはわかりません」

「本当に、問題の列車に、吉田刑事が、乗っているんですか？」

と、十津川は、念を押した。

「ええ、本当です。間違いありません。警視庁の吉田刑事を名乗る男が、『さくら四一〇号』を乗っ取った後、車内放送をしています。それによると、『われわれは、吉田刑事とその仲間である。JR九州は、私の娘が誘拐されたことの責任を取れ。責任を取らせるために、列車を、乗っ取った』と、いっていたそうです。ですから、間違いないと、思います」

「そうですか」

十津川は、うなずくより仕方がない。

問題の列車の車掌が、『さくら四一〇号』の車内に、吉田刑事がいたと証言しているのは、本当だろう。四月五日の少女消失事件のあった時の車掌だからだ。

列車を乗っ取った犯人が、吉田刑事とその仲間だと、いったという。これも本当だろう。

「それで、犯人の要求している身代金は、十億円ですか？」

「そうです」

と、社長秘書の、後藤が、いう。

十津川は、後藤秘書から、犯人グループの一人からかかってきたという、電話のことを聞いた。

「昼十二時、きっかりだったと思います」

と、後藤が、いう。

「最初は、まさか、トレインジャックなどとは思いませんでしたから、電話は、録音していませんでした」

「電話の主は、女だと聞いたんですが、本当ですか？」

「若い女の声でした。その上、柔らかい口調だったので、余計、切迫感がありませんでした。女は、仲間が『さくら四一〇号』を、乗っ取ったというので、信用できない、いたずらだろうといったら、すぐ、『さくら四一〇号』に問い合わせてみろ、十分後にまた電話すると、向こうから、電話を切ってしまいました。それで、慌てて、『さくら四一〇号』に電話したところ、乗っ取られて、現在、熊本の先で、停車していることがわかりました」

「十分後に、また、女が電話してきたんですか？」

「そうです。今度は、電話を、録音しました」

後藤秘書は、会話を聞かせてくれた。

女「どうですか？　わかりましたか？」

後藤「ああ、わかったよ。君たちの要求は、いったい、何なのだ？」

女「もちろん、お金。『さくら四一〇号』の乗客、乗務員、それにアメリカ視察団員七人の身代金として、十億円を、要求します。今日の何時までに、用意できますか？」

後藤「十億円もの大金は、簡単には、用意できない。午後四時に、返事をする」

女「一言注意しておきます。そちらが、警察と、しめし合わせて、私たちを騙そうとしたら、そちらも警察も、痛い目に遭いますよ」

後藤「何のことを、いってるんだ?」

女「その時になれば、わかります。だから、楽しみにしていなさい」

それで、電話は、切れている。

「それで、その十億円は、今日じゅうに、用意できるのですか?」

「四時までに、用意すると、犯人に回答していますが、すでに十億円は、銀行から、社長室に、届いています」

と、後藤が、いった。

十津川たちは、後藤秘書に、案内されて、近くの九州新幹線の総合指令室に、移った。

現在、熊本駅と新玉名駅との間に、「さくら四一〇号」の停車地点を示す赤いランプが、点滅している。

福岡県警鉄道警察隊の隊長も、総合指令室に来ていた。山根という警部である。

その山根が、十津川に、話しかけてきた。

「現在、熊本県警鉄道警察隊の五人が、問題の『さくら四一〇号』の近くまで車で行って、待機しています」

「『さくら四一〇号』は、停車したままですか？」

十津川が、山根に、きいた。

「ええ、動きはありません。窓には、全車両とも、カーテンが下ろされているので、双眼鏡を使っても、車内の様子は、わからないそうです」

と、山根が、いった。

社長室に戻ると、外務省から、連絡が入っていた。アメリカ人七人が無事かどうかの確認である。

犯人グループからも社長室に、電話が入ってくる。ＪＲ九州の持田社長を、名指しだ。

「身代金の十億円は、用意できましたか？」

と、女の声が、いう。身代金を要求した時と同じ声だ。

「あと十二、三分で用意できる。もうちょっとだけ、待ってくれ」

持田社長が、ウソをついた。

「わかりました。二十分後に、もう一度、電話します」

「その前に、確認しておきたい。六号車に乗っている、七人のアメリカ人は、無事だろうね?」

と、持田社長が、きいた。

「もちろん無事です。何の危害も加えていない。そちらが、十億円を払ってくれれば、一人の犠牲者も出さないと約束しますよ」

「もう一つ、確認したい。君たちの中に、警視庁の吉田刑事は、入っているのか?」

「もちろん、入っていますよ。もとはといえば、今回のトレインジャックは、先日、吉田刑事の五歳になる一人娘が、同じ『さくら四一〇号』の車内から誘拐されたことがきっかけです。その責任を取らせるために、吉田刑事と仲間が、今回のトレインジャックを計画し実行したんです」

と、女が、いった。

その時、持田社長に代わってもらって、十津川が、受話器を、手に取った。

「警視庁捜査一課の十津川だ。吉田刑事が君たちの仲間の一人だということが、事実かどうか知りたい。できれば、吉田刑事と電話で、話をさせてもらいたい」

と、十津川が、要求した。

「吉田刑事が、私たちの仲間だということは本当です。ウソじゃありません。その証拠に、吉田刑事の声を聞かせてあげたいのですが、今はダメです。彼は今、私たちと一緒に、必要な仕事をやっています。今から、二十分後に、また電話します。その時には、全て、こちらのいう通りになっていることを期待しますよ」

そういって、女は、電話を切ってしまった。

少しずつ犯人たちの企み（たくら）が、わかってきた。

吉田刑事の一人娘が、鹿児島中央駅を、十時五十三分に発車した九州新幹線「さくら四一〇号」の車内から、消失した事件を、ＪＲ九州では、四月五日事件と呼んでいた。

今に至るも、この事件は、解決しておらず、ＪＲ九州にとって、事件に触れるのは、タブーに、なっていた。

その後も、依然として、手がかりもなく、五歳の美香も行方不明に、なったままである。少なくとも、JR九州にとっては、それが結論だった。そのため、JR九州では、事件に触れることが、タブーになってしまったのである。

それが、四月二十日の今日、突然、それも四月五日と同じ、鹿児島中央駅を、十時五十三分に、発車する「さくら四一〇号」が、突然、トレインジャックされたことによって、否応なしに、四月五日の少女消失事件のことが、蒸し返されることになった。特に、JR側の責任が、である。

最初、JR九州の持田社長は、今回のトレインジャックに当たっては、なるべく四月五日の事件は持ち出さないこと、乗っ取り犯人との対決は、鉄道警察隊に、任せることにしていた。

ところが、ここに来て、急遽、JR九州の社長室に呼ばれてきたのは、九州新幹線の車掌部門を管理する伊藤という部長だった。

持田社長は、伊藤部長に対して、

「電話で、君がいってきた問題だ。消失事件のあった、四月五日の『さくら四一〇号』に乗務していた車掌に、何か問題が起きたというのは、本当かね?」

と、きいた。

「残念ながら、事実と、認めざるを得ません」

伊藤が答える。

「具体的に、どんな問題が起きたのか、それを、説明してくれ」

と、持田が、いった。

「四月五日に、鹿児島中央発博多行きの『さくら四一〇号』の車内で、少女消失事件が発生しました。現在も、少女が、どこにいるかわかりません。この時、列車に乗務していた専務車掌は、相川昭一、五十歳、小野寺功、五十二歳、この二人です。主として、父親の吉田と一緒に、六両編成の『さくら四一〇号』の車内を探しまわったのは、相川昭一のほうです。小野寺車掌は、博多駅、始発の、鹿児島中央駅との連絡に当たっていました。鉄道警察隊の捜査によれば、この二人の専務車掌に、怪しいところはないということでした。ところが、今日になって、小野寺車掌に、疑問が出てきました」

「疑問というと？」

「小野寺車掌は、四月十日に、依願退職を、しています。退職願には、一身上の都合としか書いて、ありませんでした。今、『さくら四一〇号』をトレインジャックしている犯人たちの中に、吉田刑事がいることは、まず、間違いないと思うのですが、実は、彼らの仲間に、元専務車掌、小野寺功も入っているのではないか、という疑いが出てきたのです」

「その点を、もう少し、詳しく話してくれ。小野寺功という元専務車掌は、四月十日に、退職し、今日の事件で犯人たちの仲間に、加わっているというのは、本当なのかね？」

「今回のトレインジャックを、実行した犯人たちですが、四十代の男が、リーダーだと思われます。この男が、四月五日の『さくら四一〇号』に乗務していた、車掌の一人、小野寺功が、自分たちの仲間に加わっていると、相川車掌に、もらしたらしいのです。実は、四月五日の事件に、JRの人間が、加担しているのではないかというウワサが、流れていました。もし、車掌の一人が、加担していれば、誰にも、気づかれずに、五歳の女の子を、列車の外に運び出すのは、簡単だといわれていたのです。使用されたのは、大きなトランクです。父親の吉田刑事は、列車の乗客が持っていた二十一個を、全部調べています。ただし、そのうち六号車の三個は、博多に到着してしまったので、ホームで調べています。そして、『中に、少女が閉じこめられては、いなかった。全てのトランクを調べたので、間違いない』と、いっていたのですが、もし、車掌の一人が、犯人に加担していれば、五歳の少女を中に隠して、列車の外に、運び出すことは、比較的簡単だったのです。しかし、われわれJR九州の人間は、自分たちの仲間に、犯人と手を組む奴など絶対にいないと信じて、あるいは、そう、願って、この小野寺という元車掌のことは、見逃してしまいました」

「君の話では、小野寺功という元専務車掌が、四月五日の事件の時に、犯人たちに、加担していたというが、具体的に、どんなふうに、加担したというのかね？」

持田社長が、きいた。

「犯人は、大きなトランクを使って、その中に、女の子を入れて、列車の外に運び出したと思われているのです。その一方、父親の吉田刑事は、乗客の持っていた二十一個を、一つ一つ、全部、調べていったことは間違いありませんし、トランクの中には、女の子は入っていなかったことを、確認しています」

「それでは、五歳の女の子を、どうやって、列車の外に、運び出したのかね？」

「そこに、専務車掌の小野寺功が、出てくるのです。吉田刑事は、子どもを入れることのできそうな大きなトランクを、一つ一つ調べていきました。そして、中に子どもが入っていなければ、持ち主に返しました」

「それで――?」

「もし、二人の専務車掌の一人が、犯人に加担していたら、どうなるかが、考えられました。父親の吉田刑事が、乗客のトランクを一つ一つ調べる。その時、小野寺車掌は、薬物ででも眠らせた、美香という五歳の少女を、乗務員室に、隠しておく。乗務員室に、相川車掌を入らせないように工夫し、博多駅に到着する時間に合わせて、トランクを持った犯人が、小野寺車掌のいる、乗務員室に入って、女の子を押し込み、下車する。調べ終わったトランクですから、吉田刑事も、疑うことなく、もう一度、調べようとは、しませんでした。こうすれば、小さな女の子を、列車の外に連れ出すことは、簡単だったはずです」

と、伊藤が、いった。

「はっきりさせたい」

持田社長が眉を寄せて、

「問題の小野寺元車掌は、すでに、ＪＲ九州を辞めているんだな？」

「そうです。四月十日に、依願退職しています」

「誘拐事件と断定して、いいんだな」

「そう見るしか、ありません」

「その小野寺元車掌だが、四月五日の、誘拐事件の、犯人グループの一人だったと、どうして、わかるのかね？　証拠でもあるのかね？」

「先ほど、犯人グループの女からファックスが届きました。列車内で、この印刷物を、ＪＲ側の人間にも、渡しているようです。それを、持参してあります」

伊藤部長は、そのファックスを、持田社長に渡した。

そこには、告白文の文字があり、小野寺功という署名があった。

そこに書かれてあったのは、次のようなことだった。

「告白文　　　小野寺功

私、小野寺功は、四月五日、鹿児島中央発博多行きの『さくら四一〇号』に乗務していました。

私は、JR九州の新幹線に乗務していましたが、共済から、三百万円の借金をしているばかりか、ヤミ金にも、三百万円の借金をしてしまい、ここに来て、それが、返済不可能になっていたのです。

そんな私のことを、今回の犯罪グループが知って、九州新幹線の車内で行なわれる誘拐事件に、協力するようにと誘ってきたのです。協力すれば、報酬として、一億円がもらえるとわかって、私は、加担しようと決めました。

彼らは、前々から、警視庁捜査一課の現職の刑事を、標的にしていて、その刑事の五歳の一人娘を、誘拐することが、四月五日の目的でした。

私は、それに協力したのです。

彼らは、大きなトランクを使って、それに、五歳の少女を、押し込んで、列車から運び出す計画を立てていたのです。

しかし、そのためには、同じ列車に乗っている専務車掌の協力が、必要だったのです。

それで、私に、狙いをつけたのです。

四月五日の、誘拐事件が、どう進展したかは、私が、わざわざ書く必要はないでしょう。どんな方法で誘拐が行なわれたか、誰にだって、想像がつくからです。私は別に、この誘拐事件に加担したことを否定する気もありません。彼らに加担したことは間違いない。小野寺功個人の犯罪と、いえるかもしれない。ただ一つだけ、ここに書いておく。私は、ＪＲ九州の車掌だった。つまり、四月五日の誘拐にＪＲ九州の社員が、犯罪者に加担した、片棒を担いだことになるのです。

もう一つ、書いておきたいことがあります。

それは、私が加担した犯罪集団が、どんなふうに、一連の事件を計画したかということです。

四月五日の事件は、五歳の少女の誘拐だけが、目的だったように、一見、見えます。しかし、それは、彼らの遠大な計画のほんの一部分でしかなかったのです。

そこで、私のような現職の専務車掌を味方に引き入れ、四月五日の事件を起こし、更に、彼らは誘拐した五歳の娘の父親、現職の警視庁捜査一課の刑事を味方につけたのです。

そうした用意を整えた上で、九州新幹線『さくら四一〇号』を、トレインジャックしたのです。そんな彼らに、JR九州や警察が勝てる見込みはないのです。十億円の身代金は、さっさと払うことです。そうすれば、傷が、少なくて済みます。犯罪集団を甘く見てはいけません。自分たちの傷口が広くなるだけです」

告白文を読み終わると、

「まずいな」

と、持田社長が、声に出した。

持田は、JR九州を、全体として、黒字に持っていった功労者である。そして、自信満々の男でも、ある。

その男が、今、窮地に立たされて、困惑している。

「顧問弁護士の武井さんを、すぐ、呼んでくれ」

持田が、秘書の後藤に、いった。

「すでに、電話で、こちらに来てくれるように頼んであります。間もなく、到着されます」

数分して、顧問弁護士の武井が、助手を連れて、やって来た。

持田社長は、現在の状況を、武井弁護士に、説明した後、

「四月十日付で、退職している専務車掌のことで、ＪＲ九州に誘拐事件の責任があるかどうか、それが、知りたいのですよ」

「四月五日の、誘拐事件に、仮に、専務車掌の一人が、その犯罪に、手を染めていたとしても、それは、あくまでも、個人の問題ですから、ＪＲ九州として、責任を取る必要はないと思います」

と、武井弁護士が、いった。

「しかし、これから、ゴールデンウィークを迎えるに際して、ＪＲ九州としては、完全にイメージダウンには、なりますね。どうしたらいいですか？」

「警察が、事件を、素早く解決してくれれば、それが、いちばんいいのです。今回のトレインジャックに対する、身代金の要求も消えてしまうし、四月五日の事件で、誘拐された五歳の少女も、無事に見つかれば、逆に、ＪＲ九州にとって、プラスのイメージになります。しかし、今回の事件が長引けば、今、持田社長がいわれたように、限りなく、マイナスイメージが、大きくなっていきます。それ

は、避けられません」

「そうですか。法律的には、責任を取る必要はないが、問題は、ＪＲ九州のイメージですね？　もう一つ、道義的・社会的な責任もあるんじゃありませんか？」

「道義的・社会的な責任というのは、あいまいですから、あまり深刻に考えないほうがいいですね」

「次は身代金ですが——」

「それで、身代金は、払うことに、決められたんですか？」

と、武井弁護士が、きく。

「払うことに、決めました」

と、持田社長が、いった。

「何しろ、ジャックされた列車には、二百人を超す乗客、乗務員が乗っています。身代金の支払いを、拒否すれば、人命を軽視したといって、ＪＲ九州のイメージが、大きくダウンします。今回は、新たに、専務車掌の、問題が起きましたから、なおさらイメージを大切にしないといけないので——」

と、持田は、いった。

6

その後、警視庁捜査一課の十津川が、やり玉に挙げられた。もちろん、捜査一課の、吉田刑事のためである。

持田社長が、十津川に、質問する。

「警視庁の現職の刑事が、今回のトレインジャックの犯人たちに加わっていると、向こうは、そう主張していますが、それについて、どう思われますか？」

と、持田が、いう。

「真相が、はっきりしないので、今は、何ともいえません」

十津川が、逃げても、後藤秘書までが、

「現職の刑事が、犯人の中にいるとすると、われわれの対応も難しくなります」

と、皮肉を、いった。

この後、十津川の携帯は、三上本部長からの電話で、占領されっぱなしだった。

三上が、いう。

「今回の事件だが、焦らずに、慎重にやれよ。何しろ、警視庁捜査一課の、吉田刑事が、今回の事件に、関係しているというウワサが、もっぱらだからな」

「吉田刑事は、五歳の娘を、人質に取られているので、やむなく、犯人グループと、一緒に行動しているのだと思います。いわば、吉田刑事も、被害者なんです」

十津川が、反論しても、三上の電話は、終わらないのである。

「いいか、どんなことがあっても、警視庁の汚点になるようなことは、絶対に、するなよ。それだけは、絶対に守れ」

三上は、大きな声で、いった。

十津川は、次第に、いちいち真面目に答えるのが、面倒になってきた。

「電話を切ります。これから、ＪＲ九州の持田社長が、何かコメントを出すそうですから」

そういって、三上との電話を、切ってしまった。

持田社長の発表があるというのはウソだったが、持田社長が、小野寺功という元新幹線の、専務車掌の扱いについて、困惑しているのは、明らかだった。今も、小声で、武井弁護士と、何か相談しているのが、十津川にもわかった。

十津川には、犯人グループが、どんなグループなのかわからない。

しかし、明らかに、彼らは、吉田刑事を使って、警察を牽制し、小野寺元専務車掌を使って、ＪＲ九州を、牽制していることは、明らかだった。

それに、悔しいが、今のところ、ある程度、成功していると見て、いいだろう。

これから、その犯人グループと、戦う上で、これが支障になるかどうか、十津川にもわからなかった。

第六章　マイナス2

1

正確に二十分後、社長室に、電話がかかった。持田社長が、受話器を取る。

「JR九州の社長室ですね？　社長さんですか？」

聞き覚えのある女の声である。

「そうだ。私が、JR九州の社長だ」

「お願いしておいた十億円、用意できましたか？」

「ああ、用意してある。どうすればいい？」

「十億円は、今、どんな状況にあるんですか？」

「一億円ずつ、ジュラルミンのケースに入れてある。ケースは、全部で十個だ」

「わかりました。博多駅の前に、ＡＫビルというビルが、あります。そのビルの前に、黒のワンボックスカーが、停まっています。後部のドアは、鍵が、かかっていません。今から、十個のジュラルミンのケースを、ワンボックスカーの後ろの扉を開けて、中に入れてください。その後、十分間、誰も、その車には、近づかないでください。いいですか、十分間です。一人でも、車に近づいたり、運転席を、覗き込んだりしたら、トレインジャックしている仲間に、すぐ連絡を入れて、『さくら四一〇号』を、爆破させます。そうなったら、何百人もの死傷者が、出てしまうでしょう。その責任は、全て、そちらにあります。わかったら、今からすぐ十個のケースを、ＡＫビルの前に停まっているワンボックスカーまで運んで、車の中に、積み込んでください。それを確認したら、また電話します」

それだけいうと、女は、一方的に、電話を切った。

社長室に詰めていた、ＪＲ九州の十人の職員は、一人が、一つのケースを持ち、社長室から、合計十億円の身代金を、運び出した。

博多駅の前には、犯人が、いっていた、ＡＫビルがある。その前に、間違いなく、黒のワンボックスカーが停まっているのが見えた。福岡ナンバーである。

十津川が、博多警察署に、そのナンバーを伝えた。

JR九州の職員たちが、ワンボックスカーの後部扉を開け、運んできた十個のケースを、次々に、車の中に、押し込んでいった。

ワンボックスカーの窓には、黒のフィルムが、張りつけてあって、車内の様子は、まったくわからなかった。

それでも、目をこらすと、運転席に、誰かが乗っていることは、わかった。

十津川は、地元の刑事たちと共同で、ワンボックスカーを、遠巻きにして監視した。車が動き出せば、いつでも、尾行できるように、覆面パトカーが、配置された。

十億円を積んだワンボックスカーは、なかなか動こうとしない。

五分ほどすると、突然、後部扉が開いたかと思うと、ケースの一つが、外に向かって突き落とされた。ケースのふたも開いている。

ケースの中身は、一千万円の包みが十個。一千万円ずつ、テープでかためてあったのだが、そのテープは切断されていた。ここまでの五分に、犯人が、はさみで、切っていたらしい。

強風が吹いていたので、たちまち、一万円札が、宙に舞い上がった。

何しろ、合計で、一億円である。一万円札が、後から後から、宙に舞っていく。

最初のうち、ビックリした顔で、それを見守っていた人たちだが、誰かが「ワッ」と、大きな声を上げ、別の誰かが「一万円札だ！」と、叫んだ。

とたんに群衆が、宙に舞う一万円札に向かって、突進した。

車で通りかかった人間は、車を停め、飛び出して、一万円札を、拾っている。

たちまち、周辺は、集まった人たちで、あふれてしまった。

その隙に、問題の、ワンボックスカーは、動き出した。

それを見て、覆面パトカーの十津川は、アクセルを踏もうとしたが、目の前の群衆が邪魔になって、走らせることが、できない。

「やられた」

と、低い声で、十津川が、叫び、

「ちくしょう！」

と、亀井が、大きな声を出した。

十津川の乗る覆面パトカーだけでは、なかった。配置されていた全ての、覆面パトカーが、動きが、取れなくなっていた。

「大至急、博多駅の、周辺百キロ圏内に、非常線を、張ってください」

十津川は、福岡県警の、通信指令室に、頼んだ。

これで、あの九億円をのせた黒いワンボックスカーが、捕まるかどうかは、わからない。たぶん、運転席に張りつけてあった、フィルムは、もう剝がしているだろうし、車のナンバープレートも、取り替えてしまっているに違いないからである。

それどころか、途中に、別の車を用意しておいて、乗り換えてしまっているだろう。

博多駅を中心にして、百キロ圏内に非常線を張ったが、十津川が、懸念していた通り、九億円を積んだ車は、非常線には、引っ掛からなかった。

二時間後になっても、状況は、変わらなかった。

すでに、百キロの線を、突破してしまったのだろう。

2

動かない「さくら四一〇号」の周辺は、次第に、暗くなっていった。

トレインジャックした犯人たちの、指示だろう。六両編成の、九州新幹線の車内も、極端に暗くなっていた。

非常灯以外の、明かりを消してしまったらしく、中の様子が、わからない。

その時、突然、六両の車両から、白煙が噴き出した。

列車の窓は、開かないが、車体のどこかに、隙間があるのか、白煙は、次第に、六両編成の列車を、すっぽりと、包み込んでいった。白煙は、比重が重いのか、六両の車両を、押し包んだまま、消えようとしない。

そのうち、突然、白煙に、包まれた「さくら四一〇号」が、ゆっくりと動き出した。

白煙に包まれたまま、列車が、静かに動いていく。

トレインジャックされて、動かない列車を、警察は、遠巻きにして、監視していた。

その列車が、白煙に、包まれたまま、動き出したのだ。それを追って、同じ方向に、同じスピードで、警察も、ゆっくりと動いていく。

また、列車が、停まった。白煙も一緒に、停まる。

車内では、いったい、何が、起きているのだろうか？

指揮を執っている熊本県警の捜査一課長が、そのまま十分、二十分と、過ぎていくうちに、次第に苛立ってきた。

「突入！」

捜査一課長が、大声を、上げた。

列車を、取り囲んでいた刑事たちが、一斉に、列車に向かって突進していった。

白煙は、刺激臭のある、催涙性の物質のようだった。突入した刑事たちは、たちまち、目に強い痛みを感じた。

だが、引き返すことはできない。

刑事たちは、ドアをこじ開け、突入すると同時に、車体を押し包んでいた白煙が、車内にも入ってきた。

車内にいた乗客たちが、激しく咳き込んだ。

刑事たちは、消えていた、車内灯をつけ、拳銃を構えながら、一両ずつ、慎重に車内を調べていった。どの車両にも、椅子に腰を下ろしたまま、じっと動かない乗客たちがいた。動けば殺すと、犯人に脅かされていたのだろう。

新しい車両に入るたびに、刑事たちは、大声で、

「われわれは、警察だ。犯人は、どこにいる？」

と、叫んだ。

しかし、乗客たちは、誰一人声を上げる者はなく、押し黙っている。

犯人と思われる人間は、どの車両にも、いなかった。

刑事たちが、二人の専務車掌に、声をかけた。

「犯人たちは、どこに消えたんだ？」

「いませんか？」

「いないから、探しているんだよ」

「さっきまで、犯人たちが、大声で、乗客に、指示を与えていたんです。少しでも動けば、容赦なく、爆弾を爆発させる。まもなく、刑事たちが、突入してくる

だろうが、その時が、いちばん危険だから、絶対に、座席から動かず、そのままでいろ。犯人たちは、乗客に向かって、そんな指示を、大きな声で、していたんです」

吉田刑事に挨拶をした、相川車掌が、説明した。

車両を押し包んでいた白煙は、次第に、消えていった。少しばかり、呼吸が楽になった。

刑事たちは、もう一度念入りに、相川車掌を連れ、六両の車両を調べていった。

突然、四号車から、

「見つけたぞ！」

という大きな声が、聞こえた。

捜査一課長が、四号車にすっ飛んでいった。

「犯人は、どこにいたんだ？」

と、一課長が、怒鳴った。

奥のほうから、

「こちらです」

若い刑事の声が、聞こえた。その声も大きい。

捜査一課長が、通路を走っていく。

若い刑事と、相川車掌が指差した座席には、中年の男が、座席を倒して、横になっていた。

顔を近づけると、寝息が、聞こえた。寝ているのだ。

その座席の後ろには、テディベアを手にした、幼女が、こちらも、眠っていた。

犯人逮捕に、失敗した刑事たちが、四号車の、車両に乗り込んできた。

その中の一人が、眠っている男を見て、突然、

「吉田さん！」

と、大声を発した。

「起きてください！　吉田さん！」

と、呼びかける。

それでも、男は起きてこない。いや、薬の力で眠らされているのか、まったく、起きようとしないのだ。

県警本部の捜査一課長が、

「この人が、警視庁捜査一課の吉田刑事ですか?」

と、きく。

警視庁の西本と日下の二人の刑事が、黙って、うなずいた。

「すると、こちらで、眠っている女の子は、吉田刑事の、娘さんですね?」

捜査一課長が、きく。

西本と日下は、眠り続けている幼女の顔を覗き込んだ。間違いなく、誘拐された、吉田刑事の一人娘の美香だった。

日下刑事は、吉田刑事の家に遊びに行ったことがあるので、その娘の顔を覚えていたのである。

ただ二人の刑事とも、この状況を、どう、解釈したらいいのか、わからなかった。

吉田刑事が、犯人たちの中にいることは知っていた。もちろん、警視庁の仲間としてではなく、誘拐された一人娘の父親としてでもなかった。

十億円が、奪われたというのに、吉田刑事は犯人によって、眠り薬で眠らされている。今、誘拐された五歳の娘と一緒に、四号車の座席で、眠り続けているのだ。

この後で、吉田刑事が、何を、どう、証言するのか？

それがわからないだけに、東京からやって来た西本たちは、次第に、不安になっていくのである。

西本刑事が、携帯で、十津川に連絡を取った。

「現在、『さくら四一〇号』の四号車にいます。すでに、犯人たちは、逃げた後ですが、座席で、吉田刑事が、眠っているのを発見しました。娘の美香ちゃんも、一緒ですが、彼女も眠らされています」

と、西本が、いった。

「そのまま、何もするな」

と、十津川が、いった。

「吉田刑事が、誘拐された娘のためとはいっても、犯人たちと一緒にいたことは事実だ。これからどうなるのか、まったくわからないから、県警の方針に、まかせるんだ」

3

「さくら四一〇号」は、今度は、ゆっくりと後退して、熊本駅まで、引き返し、車内の乗客を駅に移した。

その後、博多から急行した、十津川たちと、熊本県警の刑事、それに、鉄道警察隊員たちも一緒になって、六両編成の車両を、一両ずつ、調べていった。

県警の刑事たちは、安全を確保してから、証言を取り始めた。

六両編成の車内には、すでに、犯人の姿はない。その代わりに、四号車では、依然として、吉田刑事が眠り続けている。娘の美香は、熊本駅から、すぐさま、救急病院に、搬送された。

さらに一時間すぎて、やっと、吉田刑事が目を覚ましたが、自分を見つめている仲間の刑事たちを、見て、狼狽の表情に、なった。

その中に、十津川の顔を見つけると、

「警部。私は、娘を大事に、思うあまり、不覚を、取ってしまいました。本当に、申し訳ありません。私は——」

十津川は、その吉田の、言葉を制して、

「美香ちゃんは、無事保護されて、病院へ運ばれた。指宿のお義兄さんへも、連絡を、入れておいた。事情はわかっているが、君を、調べなければならない。ポケットに、入っているものを、全部、座席の上にのせるんだ」

吉田刑事は、自分で、ポケットの中身を、座席の上に置いていった。

警察手帳、財布、ボールペン、自動車のキー……。

その手が、急に、止まった。

背広の、内ポケットから、女物の、時計が出てきたからである。

コルムというブランド物の、時計である。その女性用の小さな、黒い腕時計を、見ると、とたんに吉田刑事の顔が、歪んだ。

「これは、私のものでは、ありません。まったく見覚えのないものです」

「そんなことは、わかっている」

十津川は、厳しい口調で、いった。

「本当に、誰のものなのか、わからないのか？」

「まったく、わかりません。私は、こんな、女物の高い時計は、持ったことはありません。見たこともないのです。それが、どうして、私の背広の内ポケットに、入っていたのか？　見当がつきません」

「本当に、わからないんだな？　心当たりもないのか？」

十津川が、繰り返しきく。

とにかく、この、女物の腕時計は、いったい、誰のものなのか、それを、調べる必要がある。

十津川は、その腕時計を、自分のハンカチで包み、ポケットに、入れた。

夜が明けた時、例のワンボックスカーが発見された。発見された場所は、博多駅を中心とした、百キロ圏の、わずか五キロ外だった。

もちろん、九つのジュラルミンケースは、消えていた。おそらく、犯人は、そこから別の車に、ケースを移して、どこかに走り去ったに、違いないが、それがどんな車なのか、どこに行ったのか見当がつかない。

ＡＫビルの前でばら撒かれた一億円分の一万円札のうち、四千万円分は、回収された。しかし、六千万円分は、とうとう、戻ってこなかった。

新聞は、この、トレインジャック事件を、大きく報道し、警察の、完全な敗北だと、厳しい論調で、書き立てた。

しかし、十津川も、福岡・熊本の両県警本部も、完全に負けたとは、考えて、いなかった。犯人全員を逮捕し、身代金の九億円を回収できれば、その時点で、警察の、逆転勝利になるからだ。

そこで、博多警察署に捜査本部を置き、警視庁と福岡県警、熊本県警が、協力して、捜査に当たることになった。

まず、乗客全員と、乗務員から、個別に、事情を聞くことから始めた。特に、念入りに、チェックしたのは、犯人の人数と、その、行動である。

犯人たちは、吉田刑事を除けば男ばかり四人で、「さくら四一〇号」を、トレインジャックした。その後、ＪＲ九州の社長室に電話をしてきて、十億円を、要求した女も、黒のワンボックスカーを運転した人間、五歳の美香の面倒を見ていた人間も、もちろん仲間の一人だろう。

実行犯は全部で、四人と断定した。人数では、乗客と乗務員の証言は、一致していた。

そのうち、リーダーらしい男は、中年の、金子と呼ばれる男で、ほかに、小笠原、秋田、ワルサーという、三人の共犯者がいる。

ワルサーと秋田の二人は、トレインジャックすると、すぐ車掌室を占拠し、ワルサーが、車内放送をして、自分たちが「さくら四一〇号」を、占拠したこと、また、ＪＲ九州が十億円の身代金を支払えば、乗客たちの命を、奪わないし、列車も、爆破しないことを約束したという。

その直後に、女の声で、十億円の身代金を要求してきた。

「さくら四一〇号」は、熊本と、次の、新玉名の間で、停車した。

さらに、もう一人、犯人の仲間がいることが、はっきりした。

それは、四月五日に「さくら四一〇号」で、幼女誘拐事件が起きた時、私は、犯行を手伝ったと告白文を書き、それを、ファックスで、持田社長に送りつけた小野寺功という元専務車掌である。

この小野寺功は、今回のトレインジャックの直後に、自らの行為を、オープンにしてしまったので、ＪＲ九州は、このことを内密にしておくことができなくなってしまった。これは、ＪＲ九州にとって、大きなマイナスだった。

この小野寺功という、元の専務車掌が、現在、どこにいるのかは、わからなかったが、おそらく、今度のトレインジャックによって、犯人たちが、手に入れた九億円の、何分の一かを、手にしたことは、まず、間違いない。

これが、JR九州の、痛手だとすれば、吉田刑事の問題は警視庁、いや、警察全体の大きな痛手だといえよう。

さらには、トレインジャックの犯行グループに、警視庁の現職刑事である、吉田が入っていることが、報道されるやいなや、松江のM銀行S支店での、五億円強奪事件も、表沙汰となった。

博多警察署で、十津川と亀井は、吉田刑事と、向かい合った。吉田刑事は、熊本の病院での、簡単な検査の後、移送されていた。

「マスコミの中には、君のことを、今回の事件や銀行強盗の、犯人一味のように書いた新聞もあれば、そういう内容の、ニュースを、放送したテレビ局もある」

と、十津川は、吉田刑事に向かって、いった。

「私は、犯人では、ありません。一人娘の美香が誘拐されてしまったために、一時的に、彼らに、協力してしまいました。それは、事実です。従って、このことについて弁明はしません。ただ、自ら進んで、彼らの仲間に、入ったことはありません」

「私だって、よくわかっているよ。しかし、君は、娘を助けるためとはいえ、連中が、松江の銀行を襲った際、その片棒を、担いだことも、紛れもない事実だ。彼らが、この銀行強盗に、成功したのは、君という現職の、刑事がいたからだという人もいる」

「それも、十分わかっています。警察を追放されたとしても、文句はありません」

と、吉田刑事が、いった。

「それでは、君が、接触した犯人の一人一人について、覚えていることを、話してもらおう」

と、十津川が、いった。

吉田刑事は、自分が覚えている、彼らの名前といっても、仲間内の、呼び名だが、それを、教えることと、似顔絵を作ることに、協力することになった。

金子、小笠原、秋田、ワルサー、そして、加奈子と、呼ばれていた女。さらに、黒いワンボックス車の、運転役と考えられる、高木である。

一般の乗客の証言によって作った、似顔絵よりも、吉田は、一時的だったにしろ、犯人たちの中に、入っていたので、彼の証言によって作った似顔絵のほうが、帽子やサングラス、マスクをつけていたとしても、細かいところが、はっきりしていて、特徴を、よくつかんでいた。

十津川は、そのことを、警視庁と福岡、熊本両県警との、合同捜査会議で、説明した。そうすることによって、少しでも、吉田刑事の立場が、有利なものになればと、思ったのである。

福岡県警の本部長は、自分の考えを、こう説明した。

「吉田刑事の、証言によって、犯人たちが逮捕され、九億円を取り返すことができたら、その功績は、吉田刑事に、あるとして、考慮したい」

熊本県警本部長、福岡、熊本両県警の鉄道警察隊の隊長も、その言葉に、賛成した。

（これで何とか、吉田刑事を助けることができるだろう）

十津川は、そう考えたのだが、東京からの報告が、十津川を打ちのめした。

東京で、吉田刑事の自宅マンションが焼け、その焼け跡から、女性の焼死体が発見されていた。六本木のクラブ「夢」のホステス、木下由佳理、二十八歳の死体である。

しかも、木下由佳理は、殺されていた。犯人は、彼女を殺してから、マンションに、火を放ったのである。

今回の、トレインジャックで、吉田刑事は、「さくら四一〇号」の車内で、睡眠薬を飲まされた状態で、発見された。所持品を全て調べたところ、女性用のコルムの腕時計が、発見された。

その腕時計を、十津川は、東京に送って、部下の、刑事たちに、持ち主を、調べさせたのである。

ところが、木下由佳理の腕時計だと、東京から、知らせてきたのである。

木下由佳理は、去年のクリスマスに、常連客の一人から、黒いコルムの腕時計をプレゼントされた。これは、銀座の有名時計店で購入したものであるという。このコルムの番号が、時計店の台帳に、記入されていて、それが、問題のコルムの番号と、一致したというのである。

十津川も、吉田刑事の同僚も、彼が、木下由佳理を殺して、自宅マンションに、火をつけたとは、考えていない。

吉田刑事のアリバイは、証明されているし、普通、犯人は、そんなバカな行動は取らないからである。そんなことをすれば、自分に、疑いが向けられるに、決まっているからである。

犯人は、別にいると、十津川は、思っている。共犯に仕立て上げるためか、捜査の攪乱（かくらん）を狙ったのか。いずれにしても、犯人は頭のいい人間に、違いない。ゲームを、楽しんでいるように思える。吉田刑事は、まんまと、連中の罠（わな）に落ちてしまったのだ。

「その時から、連中は、吉田刑事に、狙いをつけていたんですよ」

悔しそうに、亀井が、いった。

手始めに、銀行強盗で、五億円を奪い、九州新幹線「さくら」をトレインジャックして、十億円の身代金を、手に入れるための下準備として、吉田刑事に目をつけ、木下由佳理を殺し、吉田刑事が留守にした時に、住人の目を盗んで、彼のマンションに、死体を置いて、放火したと亀井は、いう。

「その時点で、彼女が、クリスマスに買ってもらったコルムの腕時計を、連中は、保管しておいたんですよ。一連の犯罪に、吉田刑事を取り込み、最後には、彼を眠らせておいて、背広のポケットに、木下由佳理のコルムの腕時計を、入れておいたんですよ」

と、亀井が、いった。

「カメさんのいう通りだ。私もおそらく、それで間違いないと思う。しかし、マスコミが、どう見るかが問題だよ」

と、十津川は、いった。

「まさか、警部は、この腕時計のことを、マスコミに、発表するつもりなんじゃないでしょうね？　そんなことをしたら、吉田刑事は、殺人放火の共犯の上に、銀行強盗、トレインジャックの犯人として、間違いなく刑務所行きですよ」

と、亀井がいう。

たしかに、その恐れがある。

「しかし」

と、十津川は、いった。

「しかしカメさん、この件を、内密にしていても、いつかは、必ずバレる。そうなったら、その時の反発が、大変だ。腕時計のことを、隠しておいたということで、吉田刑事に対する疑惑は、逆に、深まってしまうだろうし、警察全体が、市民の信頼を失ってしまう。私は、それが怖いんだ」

「それはわかります。だからといって、今、腕時計の件を、発表することには、私は反対です」

亀井は、あくまでも、反対の立場を主張した。

しかし、このことを、いつまでも秘密にしておくことができるだろうか？

マスコミの要請で、二回目の記者会見が、開かれた時、新聞記者の一人が、突然、十津川に、質問した。

「現在、警視庁の、吉田刑事が、犯人の仲間だったのではないかという疑問が、生まれています。その件で、質問をしたいのですが、警察は、吉田刑事の五歳になるお嬢さんが、犯人たちに、誘拐されてしまったので、仕方なく、彼らのいう通りになっていたと、説明されました。しかし、吉田刑事は、九州新幹線の中で、発見された時、背広の内ポケットに、女物のコルムの腕時計を持っていたというウワサが流れています。そのコルムの腕時計を、どうして、吉田刑事が、持っていたのか、その点を、説明してください」

その質問に十津川は、愕然(がくぜん)とした。

今までコルムの腕時計のことは、マスコミには、一切、発表していないのである。それなのに、どうして、記者の一人が、質問してきたのだろうか？

（そうか、連中がしゃべったんだ）

犯人の一人が、新聞社に電話をして、吉田刑事が、ポケットの中に、女物のコルムを入れていたことをしゃべったのだ。おそらく、その同じ人間が、あの腕時計を、眠らせた、吉田刑事の背広の内ポケットに、入れておいたのだろう。

ほかに、考えようがなかった。

今は、そんな事実はないと否定したほうが、いいのだろうか？

しかし、いつまでも、否定し続けるわけにもいかない。

今回のトレインジャック事件は、これから警察が、全力をあげて、捜査することになる。そうなれば、いつかは、腕時計の件は、公になってしまうだろう。

「その件については、もう一度、吉田刑事に確認し、事実であるかどうかを回答します」

十津川は、何とか収拾して、記者会見を終わらせた。

その日の夜、十津川は、東京にいる、三上本部長に電話をし、記者会見の模様、特に、記者の一人が、コルムの腕時計について質問してきたことを、報告した。

「間違いなく、犯人たちが、コルムの件をマスコミに、バラしたんです。おそらく、あの腕時計を、吉田刑事の背広の内ポケットに、入れておいたヤツだと、思います」

「その事実はないと、あくまで突っぱねることはできないかね？」

三上は、明らかに、腹を立てていた。

「しばらくは、それも可能かもしれません。新聞記者も、犯人からの情報を、そのまま信じているだけですから、絶対に、吉田刑事がコルムを持っていたと主張することは、難しいと思います。しかし、こうなってくると、いつまでも、秘密にしておくことは無理です。この件は、彼のマンションが燃えて、そこから、女性の死体が発見された時から、犯人たちが、計画的に、事を、運んでいたのです。周到に、計画されたことですから、こちらが、アリバイも証明されていると、いくら否定しても、否定すればするほど、犯人たちは、少しずつ、吉田刑事を、追い込むような情報をマスコミに、バラしていくと思うのです。同じことが、ＪＲ九州の、小野寺元車掌についても、いえます。連中は、吉田刑事の娘を、誘拐するためだけでなく、ＪＲ九州の弱みを、握るために、専務車掌の小野寺功を、買収しておいたのです。その小野寺車掌が、四月五日の誘拐を手助けしたと、告白しました。そのことを、ＪＲ九州は、否定することが、できません。吉田刑事の件も、それと、同じことだと、私は、思っています」

「ということは、腕時計のほかにも、犯人たちは、吉田刑事の弱みを、握っているというわけかね？」

「そうなります。われわれが、否定すれば、犯人たちは、もっと、強力な情報を新聞社に渡すでしょう。そうなれば、警察は、なおさら、マスコミの批判に、さらされることになります」

と、十津川が、いった。

四月五日の誘拐事件あたりから、なぜか、吉田刑事について、悪いウワサが流れ始めたのを、十津川は、思い出した。マンション周辺で聞いた話は、妻を不幸な事故で亡くした、精神的ショックが、原因とも、考えられた。

だが、吉田刑事が、傲慢だというウワサ、容疑者の扱いが乱暴で、殴ったりしたこともあったというウワサ、こうしたウワサも、その頃、今回の犯人たちが、故意に、流していたのではないのか？

つまり、四面楚歌の状態におちいらせ、最後に、吉田刑事を、悪者にするためである。六本木のクラブ「夢」での話も、吉田刑事のニセ者が、仕組んだことだろう。そうすれば、警察も困惑し、牽制ともなり、犯人を、追うために、全力を尽くすことができなくなる。

おそらく、犯人たちは、そう、読んでいるのだ。

十津川は、亀井と、もう一度、吉田刑事を、尋問した。

「二回目の記者会見で、新聞記者の一人が、例のコルムの腕時計について、質問してきた。君が背広の内ポケットに、木下由佳理の腕時計を持っていた。それについて、説明しろといってきたんだ。なぜ、その記者が、知っていたのか？」

「それは、連中が、その新聞記者に、密告したんですよ。そうに決まっています。ほかには、考えようが、ありません」

吉田刑事は、疲れ切った表情だった。

「そんなことは、わかっているんだ」

十津川の声も、少しばかり、荒くなった。

「君が、木下由佳理の腕時計を持っていたことは、間違いないんだ。そして、私は、ニセ者と信じているが、クラブの人間たちの、証言によれば、君は、木下由佳理と、面識があった。今までに、何回か会っていた。それだけの、事実があれば、マスコミは、間違いなく、今回の腕時計の件とあわせて、君が、木下由佳理を殺して、自宅に火をつけたのではないかと、少なくとも、共犯ではないかと、面白がって、書き立てるだろう」

「そんなウソを書くんですか、日本のマスコミは」

「君は、娘さんを、誘拐されて、犯人たちに脅かされて、仕方なく、今回の事件の片棒を担いだ。犯人は、さらに、君を追い込むために、用意しておいた、木下由佳理の腕時計を、君の背広の内ポケットに入れておいた。これは、全て、犯人たちのデッチ上げだ。そんなふうに好意的に、マスコミが書いてくれるとでも、君は、思っているのか？」

「わかりました。たしかに、マスコミは、そんなふうには、優しくは書いてくれないでしょうね」

「昔から、マスコミは、警察にはつらく当たるものなんだ。だから、絶対に、好意的に書いたりはしない。今のままで行けば、間違いなく、君は、殺人容疑者にされるだろう。従って、腕時計の件で、これ以上、マスコミに、否定し続けることは、できないんだ」

と、十津川が、いった。

吉田刑事は、返事をしなかった。

4

十津川は、急遽、記者会見を設けて、吉田刑事の背広の内ポケットに、東京で殺された木下由佳理のコルムの腕時計が、入っていたことを認めた。

当然、記者たちは、更に、突っ込んでくる。

「そうなってくると、吉田刑事には、今回のトレインジャック、松江での銀行強盗の共犯以外に、放火殺人事件の容疑も、かかってきますね。その点について、上司である十津川さんのご意見をお伺いしたい」

と、記者の一人が、いった。

「私の考えは、一つしかありません。これは、おそらく、皆さん方のお考えとは、違うと思いますが、吉田刑事は、犯人たちに、利用されたとしか考えられません。犯人たちは、用意周到に、以前から計画を立て、吉田刑事を、利用することを、考えたのです。木下由佳理を殺して、吉田刑事のマンションに放火し、放置しておいたのです。そうすれば、吉田刑事に、ホステス殺し、あるいは、共犯の嫌疑が、かかります。その時、後で利用するため、彼女のコルムを、かくしておいたのです。次は、吉田刑事の五歳の一人娘を誘拐し、犯人たちは、吉田刑事を更に追いつめ、自分たちの命令通りに動くことを、強要したのです。さもなければ、五歳の娘を、殺すと脅かしたんだと思います。吉田刑事は、仕方なく、犯人たちの命令に、従わざるを得なかったのです」

「それを、証明することができるんですか？」

「木下由佳理が殺された時間、吉田刑事は、新幹線に、乗っていたという、アリバイがありますし、今は、吉田刑事を信頼しているとしかいえません。しかし、これから捜査が進み、犯人たちを逮捕する段階になれば、吉田刑事の潔白は必ず証明されると、確信しています」

「しかし、吉田刑事が、ホステス殺しの犯人で、その上、松江の銀行強盗と、今回のトレインジャックの共犯となった時、警察は、いったい、どうやって、責任を取るつもりですか？」

と、別の記者が、きいた。

「そうなった時には、少なくとも、私は、警視庁を、辞めることになるでしょう。その覚悟はできています」

と、十津川が、いった。

5

十津川は、記者会見で、大見得(おおみえ)を切ったものの、自信が、あるわけではなかった。

とにかく、まず、犯人たちを逮捕しなければ、話にならない。逮捕し、身代金の残り九億円を取り返す。松江の銀行から奪われた、五億円もである。その過程で、吉田刑事の無実を証明していく。ほかに方法は、思い当たらないのだ。

だが、犯人たちの行方は、一向にわからなかった。そこで、十津川は、吉田刑事と話し合うことにした。

「犯人たちの逮捕には、どうしても、君の協力が、必要なんだ。少なくとも、君は、犯人たちと一緒に、いたんだからね。われわれや、あるいは、トレインジャックされた列車の乗客たちよりも、君は、犯人たちのことを、よく知っているはずだ。つまり犯人たちは、君を犯行に引きずり込むことに成功した。しかし、これは、彼らにとっても、両刃(もろは)の剣(つるぎ)なんだよ。自分たちのことを君に見られているからだ。どんなささいなことでもいい。犯人逮捕に、結びつくようなことを思い出して、教えてもらいたいんだ」

十津川は、熱弁をふるったが、

「しかし、私は、娘が誘拐され、いうことを聞かなければ、娘を殺すと脅かされてしまい、彼らの、いいなりになっていただけですから」

と、吉田刑事が、いう。

吉田も、少なからず、気弱になっている。いや、追いつめられて、頭が冷静に働かなくなっているのだ。

「もう一度、犯人たちのことを、詳しく話してもらいたい。君はイヤかもしれないが、彼らに協力して、銀行強盗を、働いた。その時のことからを、最初から最後まで、どんなことでもいいから、思い出すんだ。それができないと、君は、助からないぞ」

同僚の亀井刑事が、睨むように、吉田を見た。

先輩の刑事として、今回の事件の展開が、何とも、腹立たしいのだろう。もちろん、一番、腹が立つのは、犯人たちに対してだが、吉田刑事にも、腹を立てていた。いやしくも、現職の刑事である。それが、犯罪者に利用されるのは、どこかに、隙があるからだと亀井は、思っている。

「われわれも、君を助けるが、肝心(かんじん)なのは、君自身だ。それなのに、娘が人質になっていたから、仕方がないみたいなことばかり、いっていたんじゃ、どうしようもないじゃないか。おろおろしている場合か？　犯人の一人一人について、思い出すんだ。君自身で、自分を助けるんだ」

亀井が、吉田刑事を、励まし続ける。

十津川は、それを見かねて、

「もういい」

と、亀井をおさえた。

「吉田刑事は、今、殺人放火、銀行強盗、そしてトレインジャックの三件について、容疑をもたれているんだ。当然、心身ともに、疲れ切っているはずだ。こんな時に、何か思い出せといっても、無理だろう。しばらく、眠らせる必要がある」

十津川は、吉田刑事に対する尋問を中止した。

幸か不幸か、吉田刑事に、六本木のホステス木下由佳理殺害の容疑が、再浮上した。十津川は、この件を、利用することにした。

吉田刑事の身柄を、殺人の容疑者として、都内に、移すことである。福岡、熊本両県警の同意を、何とか、取りつけた。

その後、十津川は、ひそかに、都内の大学病院に話をつけ、その特別室に、吉田刑事を入院させた。

とにかく、心も身体も、休ませる必要があると、思ったのだ。

しかし、いつまでも、入院させてはおけない。そのリミットは、五日間と、十津川は、計算した。その間に、吉田刑事が、自分に有利な記憶を思い出せれば、何とかなる。

しかし、何も発見できなければ、吉田刑事は、刑務所行きだろう。

そして、警察は、マスコミに袋叩きにあう。

十津川は、それを覚悟した。

第七章　最後の反撃

1

現在、吉田刑事は、都内のある、病院に入院している。

その吉田を、十津川は、ひそかに、ほかのところに、移そうと考えていた。

理由は、二つあった。

現在、吉田には、三つの容疑がかかっている。放火殺人と銀行強盗と九州新幹線のトレインジャックである。今のままいくと、十津川は、この三つの容疑で、吉田を逮捕せざるを得なくなる。

もちろん、十津川は、そうは、したくない。

そのためには、時間が必要なのに、マスコミが、吉田を探し出してしゃべらせようと、居どころを探している。

このままでは、あと二、三日で、吉田の居どころは、マスコミに、発見されてしまうだろう。

十津川としては、マスコミに、吉田が発見され、いいように、書き立てられるのを、何としてでも防ぎたい。その上で、三つの容疑で逮捕される前に、彼の無実を、証明してやりたいのである。そのためには、このまま病院に入れておいたのでは、自由に話し合うことができない。

十津川は、亀井たちと相談し、吉田が入院している病院の医師や看護師の力を借りて、彼を、現在の病院から、ほかに移すことを決めた。

病院に、刑事が押しかけていけば、間違いなく、マスコミに、知られてしまうだろう。

事は、警視庁というより、警察全体の威信と信用にかかわる、重大な案件であり、マスコミに、ひっかきまわされるわけにはいかなかった。

そこで、十津川は、病院の屋上からヘリコプターを使って、吉田刑事を、脱出させることにした。

深夜の午前二時に、この移送計画は、決行された。

薄曇りで、風はなく、雨も降っていなかったから、十津川は、成功するだろうと、信じた。

警視庁のヘリコプターが基地を飛び立つと同時に、病院側は、吉田を、屋上に、連れ出した。ヘリが到着して、屋上に着陸すると、吉田がそれに乗り込み、すぐに、ヘリは、舞い上がった。

十津川は最初、吉田を移す場所を、誰にも教えなかった。十津川は、今から五日間が勝負だと考えていた。

五日目が過ぎても、検察が、吉田を起訴しなければ、間違いなくマスコミに叩かれると、十津川は、覚悟していた。

だから、五日の間に、吉田から、形勢を逆転するような記憶を導き出し、犯人の逮捕と事件の解決に、結びつけたいと考えているのだ。このままでは、嫌でも、吉田刑事は、刑務所送りになって、しまうだろう。

十津川が、吉田を移した場所は、上野(うえの)警察署の、留置場だった。

十津川のこの決断に対して、反対も多かった。その筆頭が、上司の三上本部長だった。

「吉田刑事を、今、上野警察署の留置場に入れてしまって、はたして、大丈夫なのか？　彼は、警察が、とうとう、自分を犯人扱いしたかと、思って、がっくりしてしまうんじゃないのか？　そうなったら、協力して、犯人を見つけ出すどころじゃなくなるぞ。それでなくても、吉田刑事は、精神的に、参っているんだからな」

そんな、三上本部長に対して、十津川は、こう答えた。

「今の吉田刑事を救う道は、一つしか、ありません。それは、彼が、犯人たちと一緒だった時のことを、思い出して、犯人逮捕のヒントをわれわれに明らかにしてくれることです。それがなければ、犯人たちを逮捕できませんし、代わりに、吉田刑事を、刑務所に送るよりほか、ありません。そのため、私は、吉田刑事を、あえて厳しい状況に、置きたいのです。優しい雰囲気では、何も、思い出さないのではないかと、思うのです」

「それで、うまく行くのかね？」

「わかりませんが、やってみるだけの価値は、あると思っています」

「まあ、いいだろう、やってみたまえ。事件を捜査するのは、君なんだからね」

三上本部長は、突き放すようないい方をした。

だから、十津川は、留置場の中で、吉田刑事を容赦なく尋問した。

2

いつもは、十津川は、亀井と二人で、容疑者を尋問する。

しかし、今回は、亀井の代わりに、女性の北条早苗刑事を連れて、留置場内の吉田を尋問することにした。犯人たちの中に一人、女性が、含まれていると聞いたからである。

「美香ちゃんは、病院からも退院して、お義兄(にい)さん夫婦が、指宿で、預かっています。監禁中は、中年の女性が、面倒を見ていたようですが、ほとんど眠らされていたようです」

と、北条早苗が、緊張を、ほぐすように、いう。

「連中の一人ぐらいは、捕まりましたか？」

と、吉田が、安堵の色を見せながら、きいた。

「残念ながら、まだ、一人も捕まっていない」

「そう聞くと、申し訳ないという気持ちで一杯に、なります」

「君が謝る必要はない」

「しかし、まだ一人も捕まらないのは、全て私の責任です。本当に申し訳ありません」

「そう思うのなら、犯人たちの全てを思い出すんだ」

十津川が、いった。

北条早苗刑事が、魔法瓶に入れてきたコーヒーを、三人の前に、置かれたカップに注いでいく。十津川が、それを、一口飲んでみせると、吉田も、やっと、コーヒーに、口をつけた。

「私は、今回の事件を、もう一度、最初から考え直してみた」

と、十津川が、いった。

「犯人たちは、三段階に、分けて、君を罠にはめ、自分たちの犯罪に、利用した。

第一段階は、君が自宅マンションを留守にして、九州に行っている隙に、マンションに放火し、ホステスの死体を、部屋に放置した。それが、第一の罠だ。まず、その時の、君の感想を聞きたい」

十津川は、吉田の顔を見た。

「あの時は、変な事件が、私の、マンションで起きたなと、思いましたが、誰かに狙われているという感じはありませんでした」

「それは、どうしてだ？」

「私は、その時、すでに、東京を離れていて、ホステス殺しに関しては、アリバイがあると思ったからです」

「しかし、あの殺人と、放火は、君を巻きこむための、第一の罠だったんだ。その時、犯人たちは、殺したホステスの腕から、高価な時計を奪っておいて、最後の犯罪に、使うことまで、ちゃんと計画していたんだ。第二段階では、九州新幹線の中で、娘さん、美香ちゃんだったね、彼女の、誘拐だ。その時の、君の感想を聞きたい」

「あの時は、娘が、誘拐されたということで、頭の中は、真っ白になっていて、冷静には、なれませんでした」

「第一の事件で、君のマンションが放火され、ホステスの死体があったことと、娘さんの誘拐と、何か、関係があるとは思わなかったのかね？」

「事件の直後は、関係があると思ったのですが、次第に冷静になってくると、そうは思わなくなりました」

「なぜ、思わなくなったんだ？」

「そうですね、おそらく、犯罪の種類が、違うからだと、思います。放火殺人と、誘拐では、犯罪の種類が、違います。それに、私の娘が誘拐されたので、前の放火殺人のことは、意識から消えていたんだと思います」

「第二の誘拐事件では、犯人が捕まらず、君の娘さんは、連れ去られたままになってしまった。その時、君は、乗客の持っていた大型トランクを、一つ一つ、調べている。犯人は娘さんをそのトランクに入れて、列車から外に、連れ出したのだと、君は、考えたんだろう？」

「そうです。あの時の状況では、それ以外の方法はないと思ったんです」

その時、北条早苗が、横から、口を挟んだ。

「その時、吉田さんは、列車に乗務している二人の、専務車掌のうち、どちらかが、誘拐事件に関係している可能性もあると、いっていましたね」

「ああ、その時は、可能性もあると思った」

「どうして考えを変えたのですか？　専務車掌の一人が、誘拐犯人の仲間だったら、乗客の大きなトランクを使って、誰にも気づかれずに、吉田さんの娘さんを、列車の外に連れ出すことができる。結局、そういう、トリックだったんですが、車掌の一人が、犯人だと、気づいていれば――」

「今となれば、そのトリックを理解できるが、あの時は、そこまで考えなかった。いや考えにくかった。二人の車掌は、捜査に必死に協力してくれていたし、何といっても、新幹線の、車掌だからね。まさか、車掌が、犯人の仲間だとは、思わなかった。それが甘いといえば、甘かったんだが」

吉田は、悔しそうに、唇をかんだ。

「結局、娘さんは、誘拐されたままで、犯人たちは、娘さんを使って、君を思うように動かした。銀行強盗が、実行され、最後のトレインジャック事件が、起きたんだ。君が、警察手帳に走り書きしていた、犯人の名前を、ここにメモしておいた。名前といっても、偽名や渾名（あだな）だと、思うがね」
十津川は、吉田の前に、そのメモを広げた。

○金子　犯人たちのボス。四十代。
○小笠原　三十歳前後。日に焼けて小太り。
○秋田　犯人たちの中では、いちばん背が高く、百八十五センチくらい。秋田という渾名は、おそらく東北の出身だからだろう。訛りがある。
○ワルサー　ワルサー拳銃を所持。しかし、本物か、モデル銃かは不明。
○高木　連中の中ではいちばん若く、二十代前半。主として車の運転を担当。
○加奈子　唯一の女性。背が高く、三十歳前後。

「このほか、君の娘さんの誘拐に関して、連中を助けた、ＪＲの専務車掌がいる。この六人プラス専務車掌だ。専務車掌を除く、この六人の似顔絵を、君に、協力してもらって作った。この似顔絵は、君から見て、連中によく似ているかね？」

十津川が、きいた。

「似ている者もいれば、あまり似ていない者もいます」

吉田は、自分が協力しながら、そんなことを、いった。

「この六人プラス一人ですけど、いったい、どんな、グループなんでしょうか？　それがわかれば、少しは、逮捕に役立つと思うのですが」

と、早苗が、いう。

十津川が、吉田を見た。

「その点は、どうなんだ？」

「私も、連中は、どんな、グループなんだろうかと、考え続けているのですが、はっきりしません。金子という四十歳くらいの男が、連中のボスであることは、間違いないと思いますが」

「連中は、最後に、九州新幹線を、ジャックする事件を起こして、まんまと、身代金を奪って逃げてしまった。代わりに大量の睡眠薬を飲ませた君を、列車の中に放置した。同じように、列車内で、睡眠薬を飲まされて、眠っていた娘さんが、無事に、保護されたのは、不幸中の幸いだったがね。自殺に見せかけて、君を、殺すつもりだったに、違いない。君の内ポケットには、殺されたホステス木下由佳理の時計が入っていて、それが、アリバイがあるにしても、君を、ホステス殺しの犯人だと、マスコミに、思わせることになった」

「そうです。私は、まんまと連中に、利用されたんです」

と、吉田が、悔しそうな顔で、いった。

3

「少し休もう。休養も必要だ」

十津川は、時計に目をやり、その後で、

「頭が疲れた時には、どうしても、甘い物が食べたくなる。北条君、甘いケーキを三つ、買ってきて、くれ」

北条早苗に、いった。

北条早苗が、二人それぞれに、食べたいケーキを聞いた後で、留置場を出て、ケーキを買いに、行った。

4

北条早苗が、三種類の違ったケーキを持ち帰り、十津川たちは、コーヒーを飲みながら、そのケーキを食べた。

十津川は、ケーキは、たいていモンブランを、食べる。今日も彼が注文したのは、モンブランだった。

吉田はチーズケーキ、北条早苗は苺(いちご)のショートケーキである。

「君は優秀な刑事だ」

と、十津川は、モンブランを、食べながら、吉田に、いった。

吉田が、強く、首を横に振って、

「そんなことは、ありません。こんな事件を引き起こしてしまって、どうしようもない刑事だと、反省しています」

「いや、同僚の刑事たち誰に聞いても、優秀な刑事だと誉(ほ)める。特に、感心するのは、君の何気ない行動が、事件解決のきっかけになることが度々(たびたび)あるということだ。あれは、意識してやっているのかね、それとも、こんなことを、しておけば、後で、役に立ちそうだと、思っての行動なのかね？」

「そんなことを、私は、していましたか？　自分では、意識していたことがありませんが」

「前に、生け花の先生、あれは、華監というのかな、その位を持った、女性が殺された事件が、あったじゃないか？　その時、床の間に、花が活けてあった。われわれは、生け花には知識がないから、その花のことを、まったく、無視してしまったのだが、君だけは、違っていた。生け花の流派によって、同じ花でも、活け方が違う。君は、それを、知っていて、後になって、犯人の逮捕に、それを、役立てている。あの時は、君のそうした、細かい気配りに感心したものだ」

　十津川が、いうと、早苗が続けて、

「そういえば、そんなことも、ありました。私も覚えています」

　と、いった。

「あの生け花、女の私でも、気がつかなかったんですから、あの時は、吉田刑事の、観察力には、ビックリしました」

「それ見たまえ、みんなが、君に、感心しているんだ」

しかし、十津川が、いいたかったのは、その先だった。

「彼らのトレインジャックの時、君は、睡眠薬を飲まされて、九州新幹線の車内に、放り出されていた。彼らは、前から手に入れておいた、ホステスの時計を、君の背広の内ポケットに入れて、君を殺人の容疑者に仕立て上げた」

「あれは、私の完敗です。自分でも、あんなことをされて、バカさ加減に、愛想が尽きました」

しきりに、吉田は、自分を、責めた。

「あれは、犯人たちが、よく考えたと、私も、感心した。つまり、君のマンションに放火した時から、殺したホステスの時計を、次の犯罪に、利用することを、考えていたんだからな。しかしだ、よく考えてみれば、ああいう、抜け目のなさは、君の得意とするところじゃ、なかったのか？」

十津川が、吉田を見る。

「たしかに、吉田刑事は、そういったところがあって、それを利用して犯人を追いつめたりするので、私も、感心していたんです。警部がいわれたように、ああいう抜け目のなさは、もともと、吉田刑事の得意とするところでした」

早苗も、いう。

「いくら警部に、誉められても、今回に限っては、まったく、ダメでした。連中に利用されるばかりで、頭が、まったく、働かなかったんです。警部がいわれたように、前もって、時計を用意しておき、それを、眠らせた私の内ポケットに入れておく。たしかに、抜け目のなさというか、細かい観察などは、私が得意なものでした。しかし、今回に限っては、まったく、ダメです。何も覚えていませんし、そんな、気の利いたことができるとは、思えないのです」

吉田は、しきりに、自分を、責めていた。

5

疲れた吉田に、留置場で、少し、眠るようにといってから、十津川は、北条早苗と一緒に、上野警察署を、出ると、少し早目の夕食をとることにして、亀井刑事を呼んだ。

上野駅近くの有名そば店に入り、三人で、めいめい、そばや、丼（どんぶり）物を食べながら、今回の事件について話し合った。

「吉田刑事は、何か、捜査の役に、立つことを思い出しましたか？」

亀井が、きく。

「実は、私も、吉田刑事が、何かを、思い出してくれたらいいと思って、彼と、いろいろ、話をしたのだが、結局ダメだった」

「警部は、どんな話を、吉田刑事と、されたんですか？」

「犯人たちは、前もって、ホステスを殺し、その死体を、吉田刑事のマンションに、放置して放火した。その時、犯人たちは、抜け目なく、ホステスの腕から時計を奪っておいた。最後のトレインジャックの時に、吉田刑事に、大量の睡眠薬を飲ませて、背広の内ポケットに、用意しておいた、ホステスの時計を入れて列車の中に放っておいた。これで、吉田刑事には、銀行強盗とトレインジャックの容疑のほかに、最後には、潔白が証明されるにしても、殺人の容疑まで、かぶせておいて、連中は逃げてしまったんだ」

「たしかに、犯人たちは、用意周到だと思います」

と、亀井が、うなずいた。

「しかしね」

と、十津川が、いう。

「こういう、機転の利くことは、考えてみたら、吉田刑事が、よくやっていたんだ」

「たしかに、そういえば、そうですね」

亀井も、いった。

「だから、私は、こう考えた」

と、十津川が、いった。

「吉田刑事には、犯人たちと、一緒にいた時間がかなりあった。吉田刑事なら、その間に、犯人の持ち物を自分のポケットに隠しておく。それくらいのことは、していると思うんだよ。今回の事件で、そんなことを、吉田刑事がしていてくれれば、犯人を追いつめる、一つの武器になる。そう、思っているんだがね」

「その通りですね」

と、亀井が、応じた。

「だから、私は、吉田刑事が、よくやっていた、機転を利かせた話を聞かせて、彼の答を、待っているんだ。ひょっとすると、吉田刑事は、そのことを、忘れてしまっているかもしれない、とも思ってね」

「それで、吉田刑事の反応は、どうなんですか？」

「今のところ、何の反応もない。まったくダメだね。今回に限っては、娘のことで、頭が一杯だったのか、犯人に対して、何もできなかったの一点張りなんだ」

「君は、どう、思っているんだ」

亀井が、北条早苗刑事に、きいた。

「私も、同じことを、考えました」

と、早苗が、いった。

「犯人たちと、長い時間、一緒にいたんですから、いつもの吉田刑事なら、何か、犯人逮捕に役立ちそうなことをしておいて、犯人たちを、追いつめる時に利用するに、違いないのです。今回のような、事件の時こそ、犯人たちの持ち物を、泥棒して、それで、犯人たちを追いつめる。それを期待していたんですが、今回に限っていえば、吉田刑事は、何もしていないといっています。残念です」

と、早苗が、いった。

「その、原因は、可愛い一人娘の五歳になる美香ちゃんを、犯人たちに、誘拐されてしまっていたからでしょうか？」

亀井が、十津川を、見た。

十津川は、うなずいて、

「今のところ、ほかに考えようがないよ。吉田刑事自身、一人娘が、誘拐されて、そのことで頭が真っ白になってしまって、何もできませんでしたと、いっているんだからね」

と、十津川が、いった。

「私は前に、捜査三課の友だちから、こんな話を、聞いたことがあるんです」

亀井刑事がいう。

「どんな話だ？」

十津川は、興味を持って、次の亀井の言葉を待った。

「日本には、優秀な、スリが多いのだそうです。中には、名人といえるような、技術を持ったスリがいる。そのスリが話したところによると、可愛い娘さんの誕生日だから、今日は、絶対に、スリはやるまい。そう自分にいい聞かせて家を出るのだが、目の前に、いい獲物がいると、自然に手が動いて、知らず知らずのうちに、相手の財布を、スッてしまうのだそうです」

と、亀井が、いう。

「カメさんは、吉田刑事が、娘のことで、頭が一杯だったとしても、犯人たちと一緒にいれば、犯人たちの持ち物の一つでも手に入れて、どこかに隠しておくのではないか？　そんなふうに、思うのか？」

「そうです。もし、そうだったら、捜査に大きく役立つと思うのですが、スリと刑事とでは、立場が、違いますから、あまり、自信はありません」

亀井が、いった。

「君は、今の、カメさんの話を、どう思うかね？」

十津川が、北条早苗刑事を見た。

「吉田刑事が、犯人たちと一緒にいた時に、無意識に、いつもの行動を取っていてくれれば、嬉しいと思います。でも、誘拐された美香ちゃんのことで、頭が真っ白になってしまっていて、何も考えられなかったと、吉田刑事は、いっているんでしょう？　そうなると、あまり、期待できないような気も、するんですが」

と、早苗が、いった。

6

この後、十津川は、吉田刑事の尋問を中止した。

その代わり、留置場にいる吉田刑事を、観察することにした。

十津川は亀井と二人、留置場に設置しておいた監視カメラを、使って、吉田刑事の行動を、見守ることにしたのである。

吉田刑事が、関係した事件を、報道した新聞を、留置場に入れ、その記事に、吉田刑事が、どう反応するかも見ることにしたのである。

十津川は亀井と二人、監視カメラの画面に映る吉田刑事を、見つめていた。

吉田は、自分に、関係した新聞記事を、熱心に、読んでいる。

「冷静ですね」

亀井が、ホッとしたような顔になっていった。

「私も、少しばかり、安心しているんだ。娘さんのことで、頭が、真っ白になってしまい、事件のことは、覚えていないといった時には、正直、心配をしたんだが、新聞を読む表情を見ていると、落ち着いているように、見えるね」

「やっぱり、刑事は、刑事なんですよ。どんな状態になっても、刑事としての行動を、取るんです」

と、亀井が、いった。

「だから、私も、吉田刑事が、犯人たちと一緒にいた時、ただ、脅かされていただけということは、考えにくいんだ。彼は、負けん気が強いからね。犯人たちの、いいなりになっていたとは、とても、思えない」

と、十津川が、いった。

7

翌日、十津川は、北条早苗刑事と、上野警察署に行き、吉田刑事の尋問が、再開された。もちろん、昨夜、監視カメラで、吉田刑事の行動を、監視したことは、吉田刑事には、話すつもりは、ない。

「君は、現職の刑事だ」

十津川は、強い口調で、吉田に、いった。

「従って、犯人たちに、娘さんを誘拐され、いいなりになっていたとしても、刑事として、何らかの反撃を、したはずなんだ。どんな反撃をしたのか、今、思い出せないかね？」

「何も反撃できませんでした。申し訳ありません」

と、ひたすら、吉田が、謝る。

「君は、何か、必ずしたはずなんだ。そうでなければ、君は、刑事として、失格ということになってしまう」

「そうです。失格です」

「いや、君の顔を見ていると、そうは、思えないね」

と、十津川が、いった。

しかし、今のところ、吉田が、犯人たちに何か反撃した証拠はない。吉田刑事自身も、何もしなかったのか、何かしたのに、それすら、忘れてしまっている状態なのだと、十津川は、思った。

このままでは、あと、三日のうちには、吉田刑事を、殺人放火、銀行強盗、トレインジャック、この三つの容疑で、逮捕せざるを得なくなってしまう。

8

諦めて、今日の尋問を終了しようとした時、吉田刑事が、妙な仕草をした。

「どうしたんだ？」

と、十津川が、きく。

「申し訳ありません。背中が、ちょっと痛むんです」

と、吉田が、いう。

「すぐ医者に診てもらえ」

十津川が、いった。

精神的な問題が、身体的な、傷になったのかもしれないと思ったからである。

十津川はすぐ、吉田刑事を、医者のところに、連れていった。

レントゲンを撮った結果、何の異常も、見当たらなかった。

「これは、肉体的な、異常というよりも、何かが、背広の左腕の付け根に入っているんじゃないかな。それにしても、吉田刑事の体は、ニオイますね。下着とか、替えていないいんですか?」

医者が、顔をしかめる。

「吉田刑事が、頑(かたく)なに、着替えを、拒否するので、そのままにして、あるんです。潜在的な、何かが、あるのでしょうか」

と、十津川が、いった。

その後、吉田刑事が、何かこだわる理由があるのではないかと、背広を、詳細に、調べてみることにした。

その結果、背広の腕の付け根から、バッジのようなものが、見つかった。背広の腕の付け根のあたりが、ほころんでいて、そこから、円形の、バッジが押し込まれていたのである。

十津川は、刑事たちに、非常招集をかけ、集まった刑事たちに、見つかった、円形のバッジを見せた。

「直径二センチくらいの、かなり大きなバッジだ。真ん中に、大きな、ピンクダイヤが埋め込んである。ピンクダイヤは、ひじょうに高価なもので、このバッジ自体も、高価なはずだ。バッジにはＤＯＧの文字が入っている。これが、どんなものなのか、至急調べてほしい。安物では、ないから、これを扱った宝石店も、わかるはずだ」

と、十津川が、いった。

このバッジが作られた宝石店は、すぐに、わかった。といっても、刑事たちが、警察手帳を見せて、きいて歩いたからで、そうでなければ、宝石店のほうでは、話をしてくれなかっただろう。

「依頼主から、秘密を守るようにといわれていたそうです」

その宝石店から、西本刑事が、十津川に、電話してきた。

「自分で、デザインしたものを持ってきて、バッジを頼んだそうです。頼んだのは、金本洋文(かねもとひろふみ)、四十歳となっています。かなり高価で、一個二百万円。全部で九個作ったので、千八百万円支払ったそうです。もちろん、現金だったそうです」

「なぜ、九個なんだろう？」

「グループの人数分では、ないでしょうか」

「購入者の名前は、金本で間違いないのか？」

「そうです。住所も、わかっています。これから、日下刑事と一緒に、この住所を、訪ねてみようと、思っています」

西本が、いった。

十津川は、はやる西本を押し留めて、

「二人だけで行くのは危険だ。こちらから応援を出すから、それまで、待て」

十津川は、すぐに、応援の刑事を、西本、日下の二人のところに、急がせた。

合計十五人、その指揮は、亀井刑事が、執った。

しかし、彼らが行った時、世田谷区内のマンションは、すでに、引っ越した後で、誰もいなかった。

管理人によると、四十代の、金本という男が、一年前から借りていて、部屋の広さは2ＬＤＫだという。時々、男や女が出入りしていたが、何をしている男なのか、はっきりしたことは、わからなかったらしい。

「それで、少しばかり気味が悪かったんですよ」

と、管理人が、いった。

「金本という男ですが、吉田刑事が、作った似顔絵に、よく、似ています。おそらく、連中のリーダーの、金子ではないかと、思います」

亀井が、十津川に、連絡してきた。

「引っ越し先は、わかるか？」

「簡単にはわかりそうもありませんが、絶対に、見つけてみせますよ」

亀井が、強い口調で、いった。

十津川は、その報告を、捜査本部で、受けた。そばには上野警察署から、ひそかに、連れ出してきた、吉田刑事がいた。

「例のバッジの出どころを、追っていけば、犯人たちに、たどり着けるかもしれない」

と、十津川が、いった。

「しかし、あのバッジを、自分の背広の縫い目から、押し込んだことは、まったく覚えていないんです」

吉田刑事が、頭を振った。

「君は、一緒にいる時に、連中が、大事にしているものだと思って、あのバッジを、トレインジャックの最後の最後に、盗み、背広の袖口を、ほどいて、その中に押し込んだんだ。たぶん反射的だったはずだ。君は、娘さんの誘拐のことがあったから、そっちの心配が強かった。だから、自分のしたことを、覚えていなかったんだ、いや忘れていたんだ。しかしね、君は、たぶんその時、刑事としての、本能が働いたんだろう。何とかしなければいけない。そう思っていた時に、連中が、大事にしているバッジが、目に入った。それを、盗んで隠したんだ」

と、十津川が、いった。

「私は、刑事らしいことを、したんでしょうか？」

「答は、これからわかる。あのバッジのおかげで、犯人たちを、逮捕できれば、もちろん、君は、刑事として立派なことをしたことになる」

十津川は、少し、笑顔を見せて、吉田に、いった。

9

世田谷のマンションに、急行した刑事たちは、世田谷区役所に行って、金本洋文という男の、転居先を調べた。

しかし、元の住所から動いていない。

管理人に再度会って、話を聞くと、こんな、返事が、戻ってきた。

「二カ月前くらいでした、若い男が何人も、トラックで、やって来て、荷物をどんどん運び出して、引っ越して、いったんです。そういえば、その中に、女性も一人いましたね。彼らが、どこに引っ越したのかは、わかりません」

管理人は、引っ越し先は、わからないといったが、その時にやって来た、トラックに書かれた、会社名のロゴのことは、よく覚えていた。

亀井刑事が、理由をきくと、管理人は、したり顔で、

「ここは、賃貸マンションなんですが、どうも、あの金本という人が、胡散臭かったんで、引っ越しの時の、トラックのロゴを、覚えていたのでしょうね。勤め

人らしくもないし、数日ずっとマンションにいたと思うと、急に、どこかに、旅行に行ったりしていましたからね」

管理人が覚えていたロゴから、トラックは、同じ、世田谷区内の運送会社のトラックだと、わかった。

すぐ、刑事たちが、その運送会社に飛んだ。運送会社の営業マンが、刑事の質問に、答えてくれた。

「あの引っ越しでしたら、覚えていますよ。二トンのトラックを貸してくれ。運転手は要らないというんですよ。向こうの若い男が運転したようで、二回に分けて、荷物を、運んだみたいですよ」

「運転手が向こうの人間だとすると、どこに引っ越したか、わからないかね？」

亀井が、きいた。

「普通なら、わからないんですが、あの時は、わかりました」

「説明してください」

「二回目の荷物運びの時だったと思うんですが、トラックが、故障しちゃったんですよ。かなり乱暴な運転をしたんじゃないか、と思うのですが、ウチの人間が、呼ばれて、慌てて飛んでいきました。それで、どこに、引っ越したのかなら、わかります。引っ越し先の、そばで故障していましたから」

と、営業マンが、いった。

刑事たちは、その時に飛んでいったという、運送会社の人間と一緒に、問題の場所に、急行した。

場所は、北千住近くの、これも、マンションである。

「この辺でトラックが故障していて、仕方がないので、向こうの若い人たちと一緒に、荷物を、このマンションに運びました」

と、教えてくれた。

マンションの六階の、六〇三号室が、その部屋だという。部屋の主は、梶原千佳という女性の名前に、なっていた。

管理人が、彼女について、こう証言した。

「三十くらいの、背の高い、女性ですよ。先月の初めから、入居しているんです。今は、留守ですよ」

「引っ越したんですか？」

「荷物は、置いてあります。どうなっているのかは、わかりませんが、このところ、まったく姿を、見かけていません」

と、管理人が、いった。

「借りたのは、いつですか？」

「先月の初めです。そして、突然、荷物を積んだ、トラックがやって来て、どんどん荷物を運び込んだのですが、あの時は、ちょっとビックリしました。若い男の人たちが、手伝っていましたけどね。一人で借りたはずなのに、男が同居したのでは、困りますから、そのことを、それとなくいったら、男の人たちは、すぐ消えました」

と、管理人が、いった。

「その後は、彼女が、ずっと一人で、借りていたわけですか？」

「そうです。時々、男の人たちが、来ていましたが」

「それで、彼女は、いつから、いなくなったんですか？」

「今月の、初めからです」

「それで、部屋代は、どうなっているんですか？」

「月末には、きちんと、振り込まれています。ここの部屋代は、北千住の、M銀行の口座に振り込まれるようになっているんですが、来月の、部屋代も、ちゃんと、振り込まれています」

と、管理人が、いった。

亀井刑事が、報告すると、十津川は、刑事を何人か残して、その部屋を、監視するようにと、指示した。

梶原千佳が、加奈子と呼ばれていた女に、違いないのだ。

この部屋を借りた梶原千佳が、引っ越していないところを見れば、またいつかというより、近く帰ってくるに違いない。

それと並行して、刑事たちは、マンションの周辺の、聞き込みを行なった。梶原千佳という女性は、先月の初めに、このマンションを借りたというから、姿を消すまでの間に、この近くの、どこかで、買い物をしたり、食事をしているのではないかと、考えたからである。

その結果、彼女が、よく行くコンビニと、食事をするイタリア料理店が、見つかった。

コンビニには、一人で買い物に行っていたらしいが、イタリア料理店のほうには、一人ではなくて、男性と、ほとんど、食事に来ていたという。

その店は、元サラリーマンで、定年を過ぎた男と、妻が、二人だけで、やっている小さな店だった。

その店主が、刑事に証言した。

「一週間に二、三度、いらっしゃることもありましたよ。男の人が一緒だったことが、多いですね。その時は、奥の小部屋を、お使いになっていましたね」

と、いった。

その男の中に、金本洋文もいることがわかった。どうやら連中は、女のマンションを、一つの拠点として集まったり、犯罪計画を立てたりしていたのだろう。

次は、梶原千佳という女性についての、調査である。

北千住のマンションを、借りる時に、持ち主の不動産会社と、契約を取り交わしている。その時、契約書に書いた住所は、鹿児島県になっていた。

すぐ、十津川は、鹿児島県警に、その住所と名前を照会した。

返事は、翌日、送られてきた。

それによると、梶原千佳は、鹿児島市内で美容室をやっていた、両親のもとに生まれた。千佳が生まれた時には、すでに、父親は亡くなっていて、文字通り、母親一人の手で、育てられたという。

千佳が、鹿児島市内の、短大を卒業した頃、母親も亡くなったので、鹿児島から上京したらしいが、その後の梶原千佳の情報は、卒業した短大でも、わからないという。

つまり、短大では、梶原千佳は、連絡が取れない卒業生ということに、なっているらしい。

しかし、注目すべき事実が判明した。短大の同級生に、吉田刑事の亡くなった妻の、尚子がいたのである。

更に、梶原千佳の両親の墓は、鹿児島市内にあって、去年までお彼岸(ひがん)に、寺には、十万円と花が送られてきていたことが、わかった。

そこで、十津川は、鹿児島県警に、その寺をマークするように頼んだ。梶原千佳が、現われるかもしれないと思ったからである。

10

今のところ、犯人たちの中で、フルネームがわかったのは、金本洋文と、梶原千佳の二人だけである。

だが、梶原千佳が、吉田刑事の墜落死した妻と、短大時代に同級生だった事実は、今回の一連の事件を考える上で、見逃せなかった。

その二人の居どころはわからない。このままでは、連中が、姿を現わすのを、待つしかなかった。

十津川は、吉田刑事の亡くなった妻尚子の、短大時代の友人への聞き込みとともに、マンション周辺での聞き込みを、指示した。

その結果、マンション周辺からは、これといった情報はなかったが、尚子の同窓生から、梶原千佳の名が浮上した。

梶原千佳が、尚子の相談相手であり、愚痴を、よく聞いていたことなどが、わかった。

十津川は、梶原千佳が、尚子が死んだのは、吉田刑事のせい、と考えていたのではないかと、推理した。

マスコミからの攻勢を、かわしながら、一週間後に、十津川が、待っていた知らせが届いた。梶原千佳が、パスポートを、申請したというのである。

パスポートの住所は、北千住の住所になっていた。

まだパスポートが、交付されていないということだった。

十津川は、二つの場所に網を張った。北千住のマンションと、申請を出した東京都旅券課の有楽町(ゆうらくちょう)分室である。

十津川の張った網は、成功した。

梶原千佳が、パスポート受領日の、前日に、北千住の、マンションに、帰ってきたからである。

張り込んでいた刑事たちが、梶原千佳の身柄を確保した。

刑事たちは、マンションの外では、彼女を確保しなかった。どこかで、ほかの連中が見張っているかもしれないと、思ったからである。

彼女が、自分の部屋のドアを開ける瞬間、宅配便の配達員に変装して、同じ階にいた刑事が、彼女を確保した。

十津川は、彼女を、捜査本部に、連行させることも、しなかった。尋問は、十津川自ら（みずか）が赴（おもむ）いて、彼女の部屋で行なった。

梶原千佳の確保が、わかってしまうと、ほかの六人が、一斉に、逃亡してしまう恐れがあったからである。

十津川は、いちばん知りたかったことを、きいた。

「吉田刑事の亡くなった奥さんと、君は、短大時代、仲が良かったそうだね」

梶原は、うつむいたまま、無言である。

「彼を、罠に嵌（は）めたのは、君の考えなんだろう？」

梶原が、初めて顔を上げ、十津川を、見た。

「吉田刑事の奥さんが、マンションの屋上から、墜落して、死んだことと、今回の、一連の事件は、どう、関係しているんだ？」

梶原千佳は、小さく笑ったようだが、あくまでも、黙秘を続けた。

「ところで、君は、ピンクダイヤのバッジを、どうしているんだ」

梶原千佳が、驚きに、目を見開いた。

「仲間の中で、誰も、失くしたとは、いっていないのか？」

梶原千佳が、蒼白になっていた。

梶原千佳を追いつめてはいるのだが、時間だけが、無為に、すぎていくなか、尋問に当たった十津川たちが、注目したのは、彼女の部屋に、軽井沢の写真が多かったことである。その中には、瀟洒な別荘も、写っていた。

十津川は、こう考えた。

連中の一人が、写真の別荘を持っているのだろう。だとすれば、連中がそこに、集まることがあるのではないか。

十津川はすぐ、問題の別荘のある長野県警に、捜査を、依頼し、軽井沢の写真と、金本洋文と、ほかの連中の、似顔絵を送った。

その結果、金本洋文が、写真の別荘に、顔を出していることが、判明した。県警からの報告によれば、

「その別荘に、刑事が張り込んでいますが、聞き込みによれば、金本は、女性と二人で、よく来るそうです。女性の年齢は、金本と同じ、四十歳前後。二人で、軽井沢で、生活するつもりだろうと思われます」

（女は、美香を預かっていた女だろう。金本の逮捕も近い）

と、十津川は、思った。

十津川の推測が、当たって、女性と一緒に、来たところを、県警の刑事が、逮捕した。

その時まで、梶原千佳は、彼女の部屋で、辛抱強く、黙秘を、続けていたのだが、リーダーの金本が、軽井沢で、逮捕されたことを教えると、急に、その口が、軽くなった。

「尚子は、うつ病で、発作的に、マンションの屋上から飛び降りて、自殺したのよ。全て、家庭のことを放っておいた、吉田のせいだわ」

と、梶原が、しゃべり出した。

「あの墜落死は、不幸な事故だった。事件性は、ないんだ」

十津川が、反論する。

「彼女から、電話で、悩みを、よく聞かされていたのよ。ほかに相談する人がいなくて。マンションの中でも、刑事の妻ということで、親しい人もいなかったみたい。吉田は、私のことなんか、何も知らないはずよ」

「刑事の妻は、みんな、そうかもしれない」

「尚子は、我慢していたけど、六本木のホステスとの、浮気だけは、許せなかった」

「吉田は、そんな男じゃない」

十津川が、強く否定する。

「証拠があったのよ。六本木の『夢』というお店の、女性の名刺を、見つけたと、尚子は、涙声で、訴えていたわ」

「それは、誤解だ。吉田刑事は、店にいったことすら、覚えていなかった」

「事実かどうかは、問題じゃない。とにかく、彼女を、自殺にまで、追いつめたのは、吉田なのよ」

「それで、復讐を、思いついたと、いうのか?」

「一年近く準備時間をかけて、金本と一緒に考え抜いた、計画だった。金本は、お金には不自由してなくて、人生に、退屈しているような人間なのよ。今回のことも、彼にとっては、ゲームのようなものね」

「吉田刑事のニセ者役は、誰が、演じたんだ?」

「背格好や、雰囲気が、似ていたワルサーが、演じたのよ」

「木下由佳理を、殺したのも、ワルサーという男じゃないのか？」

「そうよ。尚子から、合カギも、もらってたわ。それに、指宿にいくことは、尚子のお兄さんから、聞いていたから」

「美香ちゃんは、どうしていたんだ」

「金本が、トランクに入れて、誘拐した後、金本の女に、ずっと、預からせていたわ。でも、美香ちゃんだけには、危害を、加えるつもりはなかった」

この時だけ、梶原千佳は、神妙な顔で、いった。

梶原千佳は、昔から、アメリカに住むことが希望で、大金を手に入れ、仲間の一人と一緒に、アメリカに行くつもりだったと自供した。その仲間の一人も、すぐに逮捕された。

ワルサーという渾名の男である。

あとは、簡単だった。

仲間の結束は、固かったらしいが、一人二人と逮捕されると、あとは、ガタガタになってしまう。それは、彼らが、精神的に、繋がっていたのではなくて、結局は、金で、繋がっていたからだろう。

事件は、解決した。

しかし、吉田刑事は、退職し、これからは、五歳の娘と、鹿児島に住むつもりだと、十津川に、いった。

☆西村京太郎年譜☆

山前　譲・編

昭和五（一九三〇）年

九月六日、東京・日暮里に生まれ、東京・荏原区小山町（現・品川区小山）で育つ。本名は矢島喜八郎。弟二人、妹一人の四人兄弟妹の長男。父は栃木県生れの菓子職人で、「矢島せんべい」というお菓子屋を日本橋で営んでいたこともある。母は東京生れで、御家人の娘だった。

昭和十二年（一九三七）年　**七歳**

武蔵小山の小学校に入学。運動は得意ではなく、けんかには必ず負けていたが、手先が器用だったのでメンコとベイゴマは強かった。また、幼い弟や妹の子守をしながら、トンボとりを。「少年倶楽部」に連載された江戸川乱歩の〝怪人二十面相シリーズ〟や吉川英治『神州天馬俠』を読んでいたが、小学五年生くらいになるとそれでは物足りなくなり、近くの古本屋で土師清二『砂絵呪縛』や小島政二郎『三百六十五夜』といった大人向けの小説を買ったりした。

昭和十六（一九四一）年　十一歳

十二月八日に日本が米英と戦争状態に入ると、手帳に世界地図を手書きして、日本が占領した場所に日の丸を書き込んだりした。桜井忠温『肉弾』などの軍事小説を読む。

昭和十七（一九四二）年　十二歳

食糧事情が悪くなり、冬休み、栃木の佐野にいた父の親戚のところに、一時疎開した。田舎暮らしに馴染めず、甲賀三郎の探偵小説『姿なき怪盗』など、家に閉じこもって読書に耽った。

昭和十八（一九四三）年　十三歳

四月、東京・大井町にあった旧制府立電機工業学校に入学。目黒駅で貨物線の蒸気機関車を見ていたら、もくもくと煙を吐いている姿が勇ましく感じ、日本の躍進を象徴していると作文に書いたら、コンクールで入選した。江戸川乱歩の大人向け長編を読みはじめる。

昭和二十（一九四五）年　十五歳

四月、七十倍とも百倍とも言われた試験に合格し、第四十九期生として八王子の東京陸軍幼年学校に入学する。第三教育班第五学班（フランス語）に配属。五月二十五日、空襲によって被災し、家族が調布市仙川に転居する。幼年学校も八月二日に空襲をうけ、同期生に戦死者が出た。八月十五日に終戦を迎えたが、その後も毎日訓練をしていて、家族の所に帰ったのは二週間ほど経ってからだった。恵比寿の進駐軍キャンプでしばらく働く。この頃から二十五、六歳にかけて映画をよく観た。

昭和二十一（一九四六）年　十六歳

都立となっていた電機工業学校三年に復学。

昭和二十三（一九四八）年　十八歳

アルバイトをしながら都立電機工業学校を卒業。在学中に臨時人事委員会（同年末に人事院と改組）の職員募集に合格する。午前中は研修、午後は学校という生活を一時期していた。人事院では、新しい公務員制度を作る仕事に携わる。

昭和二十五（一九五〇）年　二十歳

職場内の文学同人誌「パピルス」に参加。この頃は太宰治が好きで、他に志賀直哉、ドストエフスキー、カフカ、カミュ、サルトルなどを読んでいた。同人誌は四、五年つづいたが、発表したのはエッセイ一作だったという。旅好きで、当てのない旅をよくした。

昭和二十九（一九五四）年　二十四歳

アイリッシュの『暁の死線』や『幻の女』でミステリーの面白さを知り、ジョン・ディクスン・カーやE・S・ガードナーらの作品を集中して読んだ。

昭和三十一（一九五六）年　二十六歳

講談社が「長篇探偵小説全集」を刊行するにあたって第十三巻の原稿を募集した。そこに『三〇一号車』を本名で投じたが、予選を通過したにとどまる。入選作は鮎川哲也の『黒いトランク』。

昭和三十二（一九五七）年　二十七歳

この年より長編公募となった第三回江戸川乱歩賞に、『二つの鍵』を西村京太郎名義で応募するも、受賞は逃す。ペンネームの由来は、人事院の仲間から姓をもらい、東京出身の長男だから「京太郎」とした。受賞作の仁木悦子『猫は知っていた』がベストセラーとなり、推理小説ブームが訪れる。

昭和三十三（一九五八）年　二十八歳

西村京太郎名義の「賞状」で講談倶楽部賞の候補に。

昭和三十四（一九五九）年　　二十九歳

矢島喜八郎名義の「或る少年犯罪」で講談倶楽部賞の候補に。

昭和三十五（一九六〇）年　　三十歳

学歴が重視されだした職場に将来の不安を感じていたが、結婚を勧められたのを契機に、三月、人事院を退職する。学歴に関係のない作家を志し、退職金と積立金を給与と偽って母親に渡しながら、午前中は上野の図書館で執筆、午後は浅草の映画館という生活を一年ほどつづける。第六回江戸川乱歩賞に黒川俊介名義の『醜聞』が最終候補に残ったが、この年は受賞作なし。それ以外にも懸賞小説に手当たり次第に応募したものの、なかなか成果は上がらなかった。

昭和三十六（一九六一）年　　三十一歳

推理小説専門誌「宝石」の短編懸賞で「黒の記憶」が候補二十五作に入り、二月増刊号に掲載される。しかし、入選には至らなかった。退職金が底をついたため、パン屋で住込みの運転手として働く。

昭和三十七（一九六二）年　三十二歳

読売短編小説賞で矢島喜八郎名義の「雨」で候補に。第五回双葉新人賞に「病める心」が一席なしの二席に入選。賞金は十万円だった。以後、双葉社発行の大衆小説雑誌を中心に短編を発表する。この年は「歪んだ顔」など三編を執筆。しかし、書籍取次の東販などでのアルバイトはつづけられた。第八回江戸川乱歩賞に西崎恭名義で『夜の墓標』を投稿。

昭和三十八（一九六三）年　三十三歳

七月、第二回オール讀物推理小説新人賞に「歪んだ朝」で入選。九月、同誌に掲載される。第九回江戸川乱歩賞には、『死者の告発』『恐怖の背景』『殺人の季節』（西崎恭名義）など四作も投じたが、二次予選通過にとどまる。私立探偵や中央競馬会の警備員などのアルバイトを。

昭和三十九（一九六四）年　　三十四歳

三月、文藝春秋新社より最初の長編『四つの終止符』を書下し刊行。『この声なき叫び』と題されて映画化、翌年一月に松竹系で公開された（市村泰一監督）。第十回江戸川乱歩賞に『雪の空白』を投じる。早川書房主催の第三回ＳＦコンテストで西崎恭名義の「宇宙艇３０７」で努力賞。この年は「夜の終り」など十作を超える短編を発表した。

昭和四十（一九六五）年　　三十五歳

七月、「天使の傷痕」で第十一回江戸川乱歩賞を受賞し、八月に刊行される。九月十一日、日活国際会館で授賞式と祝賀パーティ。この年には三十作近い短編も発表するが、もう一度文章を勉強しようと、長谷川伸門下の新鷹会が指導していた大衆文学の勉強会「代々木会」に入会した。

昭和四十一（一九六六）年　　三十六歳

六月、乱歩賞受賞後第一作の『Ｄ機関情報』を書下し刊行。「徳川王朝の夢」

など、時代小説の短編も手掛ける。

昭和四十二（一九六七）年　三十七歳

総理府の「二十一世紀の日本」創作募集に、文学部門で『太陽と砂』が一等入選、賞金五百万円を獲得した（応募時は矢島喜八郎名義）。受賞作は八月に講談社より刊行。その賞金で仙川の借家を買い取る。

昭和四十三（一九六八）年　三十八歳

「手を拍く猿」以下、新鷹会発行の「大衆文芸」に精力的に作品を執筆。家族と離れ、渋谷区幡ヶ谷のマンションに住む。

昭和四十四（一九六九）年　三十九歳

一月から十一月まで、初めての新聞連載小説『悪の座標』（のちに『悪への招待』と改題）を「徳島新聞」に連載する。この年から昭和四十九年まで江戸川乱歩賞の予選委員をつとめた。十一月、近未来小説の『おお21世紀』（のちに『21

世紀のブルース』と改題）を春陽堂書店より刊行。

昭和四十五（一九七〇）年　四十歳

渋谷区本町に転居。五月、「大衆文芸」に発表した作品をまとめて短編集『南神威島』を自費出版する。三月から十二月まで、「大衆文芸」に長編『仮装の時代』（別題『富士山麓殺人事件』、『仮装の時代　富士山麓殺人事件』）を連載。

昭和四十六（一九七一）年　四十一歳

三月、『ある朝海に』をカッパ・ノベルス（光文社）より書下し刊行。この年さらに『名探偵なんか怖くない』など五作の長編を書下し刊行する。夏、一週間の与論島旅行。

昭和四十七（一九七二）年　四十二歳

仕掛けの巧妙な『殺意の設計』、社会派の『ハイビスカス殺人事件』、パロディの『名探偵が多すぎる』、トラベル色の濃い『伊豆七島殺人事件』とヴァラエテイに富んだ長編を刊行する。

昭和四十八（一九七三）年　　**四十三歳**

少数民族問題をテーマにした『殺人者はオーロラを見た』を刊行。この頃から、社会派推理にたいする創作姿勢に疑問を抱き、以後、社会派推理の執筆から遠ざかった。八月、書下し長編『赤い帆船（クルーザー）』と週刊誌に連載を開始した『殺しのバンカーショット』に、警視庁捜査一課の十津川が初めて登場する。

昭和四十九（一九七四）年　　**四十四歳**

七月、沖縄の与那国島に旅行。肝臓障害により、一年ほど、入院を含む療養生活をおくる。以来、蒲団に腹這いになって原稿を書くようになった。

昭和五十（一九七五）年　　**四十五歳**

病癒え、フィリピン旅行。『消えたタンカー』ほか四長編を書下す。唯一の時代長編『阿州太平記　花と剣』（のちに『無明剣、走る』と改題）を翌年にかけて「徳島新聞」に連載する。

昭和五十一（一九七六）年　四十六歳

『消えたタンカー』が日本推理作家協会賞の候補となるが、この年は該当作なしだった。四月、私立探偵・左文字進シリーズの第一作『消えた巨人軍（ジャイアンツ）』を刊行。

昭和五十二（一九七七）年　四十七歳

一月四日に無差別殺人の「青酸コーラ事件」発生。前年末発売の「別冊問題小説」に一挙掲載した、『華麗なる誘拐』との類似がマスコミで話題となった（刊行は三月）。年末、健康のため区の卓球同好会に参加する。

昭和五十三（一九七八）年　四十八歳

十月、鉄道トラベル推理の第一作となった『寝台特急（ブルートレイン）殺人事件』を書下し刊行し、ベストセラーとなる。

昭和五十四（一九七九）年　**四十九歳**

長編『発信人は死者』が『黄金のパートナー』と題して映画化、四月に東宝系で公開される（西村潔監督）。その際、飛行機の乗客として出演した。十月、三橋達也が十津川警部を演じた『ブルートレイン・寝台特急殺人事件』がテレビ朝日系列の「土曜ワイド劇場」で放送。以後、高橋英樹や渡瀬恒彦などさまざまな十津川警部がテレビドラマで活躍する。

昭和五十五（一九八〇）年　**五十歳**

五月、京都市中京区に転居。七月、トラベル・ミステリーの第三作『終着駅（ターミナル）殺人事件』を刊行しベストセラーに。

昭和五十六（一九八一）年　**五十一歳**

『終着駅殺人事件』で第三十四回日本推理作家協会賞を受賞する。四月二十六日、新橋第一ホテルにて授賞式と祝賀パーティが開かれた。以後、鉄道物を中心に、トラベル・ミステリーが多くなる。

昭和五十七（一九八二）年　五十二歳

この年と翌年、江戸川乱歩賞の選考委員をつとめる。五月、ミステリー・ファンクラブ「SRの会」の結成三十周年記念大会に、山村美紗、連城三紀彦とともにゲストとして参加。十一月、京都市伏見区に転居。

昭和五十八（一九八三）年　五十三歳

光文社のエンタテインメント大賞選考委員となる。十月、監修の『鉄道パズル』（光文社）を刊行。一月の『四国連絡特急殺人事件』を最初に、この年には七作のトラベル・ミステリー長編を刊行した。

昭和五十九（一九八四）年　五十四歳

この年と翌年、日本推理作家協会賞の選考委員をつとめる。また、小説現代新人賞の選考委員にも。三月、一連の食品会社脅迫事件が発生。西村作品との共通性がまた話題となる。国税庁発表の昭和五十八年度所得税額は一億を超え、作家部門で五位。九月、〝殺人ルート〟シリーズの第一作『オホーツク殺人ルート』を講談社より、〝駅〟シリーズの第一作『東京駅殺人事件』を光文社より刊行。十二月、京都南座恒例の「素人顔見世」に初出演。「菅原伝授手習鑑」の菅秀才役だったが、子役のため台詞に苦労した。

昭和六十（一九八五）年　　五十五歳

昭和五十九年度の所得税額は一億八千二百七十六万円で、作家部門の二位。つねに四、五作の長編を並行して雑誌に連載する状況がつづく。六月、「問題小説」の増刊として、「西村京太郎読本」が刊行される。八月、〝高原〟シリーズの第一作『南伊豆高原殺人事件』を徳間書店より刊行。

昭和六十一（一九八六）年　　五十六歳

七月、京都東山区の元旅館を改装して転居。十一月、『西村京太郎長編推理選集』（講談社）が発刊。翌々年にかけて全十五巻を毎月刊行。

昭和六十二（一九八七）年　　五十七歳

四月、腎臓結石で緊急入院するが、二日で退院。

昭和六十三（一九八八）年　　五十八歳

『名探偵なんか怖くない』がフランスで翻訳刊行される。『D機関情報』が『アナザーウェイ　D機関情報』と題して映画化。スイスを中心に海外ロケを行い、九月に東宝東和系で公開される（山下耕作監督）。十月、十津川警部の名をタイトルにした第一作『十津川警部の挑戦』を実業之日本社より刊行。

昭和六十四／平成元（一九八九）年　　五十九歳

十月、グルノーブルで行われた国際推理小説大会に招待されてフランスを訪問。高速列車TGVなどの取材は、翌年刊の『パリ発殺人列車』ほかの長編に結実した。

平成二（一九九〇）年　　六十歳

二月、〝本線〟シリーズの第一作『宗谷本線殺人事件』を光文社より刊行。六月、韓国へ取材旅行。『ミステリー列車が消えた』が〝THE MYSTERY TRAIN DISAPPEARS〟と題されてアメリカで翻訳刊行される。字幕スーパーによる映画『四つの終止符』が完成（大原秋年監督）、上映会が全国で展開された。

平成三（一九九一）年　**六十一歳**

『オリエント急行を追え』、『パリ・東京殺人ルート』、『十津川警部・怒りの追跡』と海外が舞台の長編を刊行。七月、久々の書下し長編『長崎駅（ナガサキ・レディ）殺人事件』を光文社より刊行する。

平成六（一九九四）年　**六十四歳**

十月十四日、第一回の「鉄道の日」に鉄道関係功労者として運輸大臣から表彰される。

平成八（一九九六）年　**六十六歳**

一月十日、脳血栓のため自宅で倒れる。さいわい回復は早く、数か月のリハビリで創作活動は再開された。三月、長年構想していた、昭和初期を舞台とする書下し長編『浅草偏奇館の殺人』を文藝春秋より刊行。十二月、温泉治療をすすめられ湯河原に転居。

平成九（一九九七）年　六十七歳

前年の九月五日に急逝した山村美紗の未完長編を書き継ぎ、五月に『龍野武者行列殺人事件』を実業之日本社（山村美紗名義。角川文庫版は共著）より、七月に『在原業平殺人事件』を中央公論社より刊行。十月二十二日、第六回日本文芸家クラブ大賞特別賞を受賞。第一回日本ミステリー文学大賞新人賞の選考委員をつとめる。

平成十（一九九八）年　六十八歳

一月、十津川警部と山村美紗作品で活躍したキャサリンの共演作を表題作とする、短編集『海を渡った愛と殺意』を実業之日本社より刊行。十二月、ＫＳＳ出版より郷原宏編『西村京太郎読本』が刊行される。

平成十二（二〇〇〇）年　七十歳

自伝的小説と謳われた長編『女流作家』を朝日新聞社より刊行、四月十八日に出版を祝う会が東京會舘で催された。九月一日、帝国ホテルで「古希と著作三百冊を祝う会」が催される。

平成十三（二〇〇一）年　七十一歳

十月、神奈川県湯河原町に「西村京太郎記念館」が開館、全著書や生原稿、鉄道模型のジオラマなどが飾られ、多くのファンで賑わう。湯河原文学賞が創設され、小説部門の選考委員を務める。

平成十四（二〇〇二）年　七十二歳

「西村京太郎ファンクラブ」が設立され、十月に会報「十津川エクスプレス」を創刊。

平成十五（二〇〇三）年　七十三歳

四月、トラベル・ミステリー二十五周年を記念して『新・寝台特急殺人事件』を刊行、東京国際ブックフェアでサイン会を開く。九月、湯河原で行われた初の「西村京太郎ファンクラブの集い」には、百二十名余りが参加。十一月より、携帯電話で配信される新潮ケータイ文庫に『東京湾アクアライン十五・一キロの罠』を連載。

平成十六（二〇〇四）年　七十四歳

二月、第二十八回エランドール賞（日本映画テレビプロデューサー協会主催）の特別賞を受賞。四月、『華麗なる誘拐』を原作とした映画『恋人はスナイパー』が、東映系にて全国公開される（六車俊治監督）。十月、第八回日本ミステリー文学大賞の選考会で大賞に決定。十一月、オールアウトより、『十津川警部「記憶」』の取材旅行の様子を収めたＤＶＤ『大井川鐵道の旅』が発売される。十二月、小学館よりムック『西村京太郎鉄道ミステリーの旅』が刊行される。

平成十七（二〇〇五）年　七十五歳

三月十六日、第八回日本ミステリー文学大賞贈呈式。四月の『青い国から来た殺人者』のサイン会を初めとして、この年には四回ものサイン会を行った。四月、ロング・インタビューをまとめた『西村京太郎の麗しき日本、愛しき風景　わが創作と旅を語る』（聞き手・津田令子）を文芸社より刊行。湯河原町第一号の名誉町民に。

平成十八（二〇〇六）年　七十六歳

五月、十津川警部の名の由来となった、奈良県・十津川村を舞台とする『十津川村　天誅殺人事件』を小学館より刊行、同村の第三セクターが運営するホテルに、十津川警部シリーズのコーナーが設けられた。同月刊の『北への逃亡者』で著作が四百冊に達する。九月三日、ウェルシティ湯河原で「著作四百冊突破記念ファンクラブの集い」が催される。十一月、『女流作家』の続編となる『華の棺』を刊行。

平成十九（二〇〇七）年　　七十七歳

九月二日、湯河原で喜寿を祝うファンクラブの集い。同時に、西村京太郎記念館の案内係としてロボットが登場する。十月、ニンテンドーDS用ソフトの『DS西村京太郎サスペンス　新探偵シリーズ　京都・熱海・絶海の孤島　殺意の罠』がテクモから発売されて話題となる。

平成二十（二〇〇八）年　　七十八歳

十一月、ニンテンドーDS用ソフトの第二弾『金沢・函館・極寒の峡谷　復讐の影』発売。

平成二十一（二〇〇九）年　　七十九歳

一月、「第一回麻雀トライアスロン　雀豪決定戦」に参加、一次予選は一位だったが、二次予選は三位で惜しくも決勝進出を逃す。翌年の第二回にも参加。「十津川警部犯罪レポート」と題して、秋田書店より作品のコミック化が相次ぐ。

平成二十二（二〇一〇）年　**八十歳**

六月、第四十五回長谷川伸賞を受賞。「多年にわたり、広く人々に愛され親しまれる数多くの作品を発表してこられた類まれな実績と、その優れた功績に対して」のものだった。

平成二十三（二〇一一）年　**八十一歳**

一月、四十七道府県を網羅する『十津川警部　日本縦断長篇ベスト選集』（徳間書店）が発刊。日本ミステリー文学大賞の選考委員となる。

平成二十四（二〇一二）年　**八十二歳**

三月刊の『十津川警部秩父ＳＬ・三月二十七日の証言』で著作が五百冊に達する。四月、エッセイ『十津川警部とたどる時刻表の旅』を角川学芸出版より刊行、つづいて『十津川警部とたどるローカル線の旅』、『十津川警部とたどる寝台特急の旅』も。三月のＮＨＫ文化センター青山教室や七月の世田谷文学館など、トークショーの多い一年となった。九月二十六日、帝国ホテルにて「西村京太郎先生の著作五百冊を祝う会」が催される。

平成二十五（二〇一三）年　八十三歳

テレビ朝日系「西村京太郎トラベルミステリー」が七月十三日放送の『秩父SL・3月23日の証言~大逆転法廷!!』で放送回数が六十回に、TBS系「西村京太郎サスペンス 十津川警部シリーズ」が九月九日放送の『消えたタンカー』で放送回数が五十回に、それぞれ到達した。九月、DVDマガジン『西村京太郎サスペンス 十津川警部シリーズ』創刊（全五十巻）。九月二十八日、新潟県・柏崎市で講演会、かしわざき大使に就任する。

平成二十六（二〇一四）年　八十四歳

四月、人間とコンピューターが対戦する第三回将棋電王戦第四局の観戦記を執筆。

平成二十七（二〇一五）年　八十五歳

太平洋戦争の終戦からちょうど七十年という節目の年を迎えて、『暗号名は「金沢」　十津川警部「幻の歴史」に挑む』、『十津川警部　八月十四日夜の殺人』、『「なな星」極秘作戦』など、戦争のエピソードをテーマにした長編を精力的に刊行。

平成二十八（二〇一六）年　八十六歳

『十津川警部　北陸新幹線殺人事件』ほか、前年三月に金沢まで開通した北陸新幹線を早速舞台に。

平成二十九（二〇一七）年　八十七歳

八月、自身の戦争体験を綴った『十五歳の戦争　陸軍幼年学校「最後の生徒」』を集英社新書より刊行。

九月にフジテレビ系「超アウト×デラックス」、十二月にＴＢＳ系の「ゴロウ・デラックス」とテレビ出演。十二月刊の『北のロマン　青い森鉄道線』で著作が六百冊に到達する。

平成三十（二〇一八）年　八十八歳

四月、テレビ東京系の「開運なんでも鑑定団」に出演。大井川鐵道を取材した際に購入したＳＬの模型「ライブスチーム　Ｃ11」を出品。

平成三十一／令和元（二〇一九）年　八十九歳

四月、第四回吉川英治文庫賞を「十津川警部シリーズ」で受賞する。

令和二（二〇二〇）年　九十歳

新型コロナウイルス蔓延のため、この年に行われるはずだった東京オリンピックは翌年に延期。四月に刊行した『東京オリンピックの幻想』は戦前の幻の東京オリンピックをテーマにしていた。

令和三（二〇二一）年　九十一歳

九十歳を過ぎたが、この年も八作の新作長編を刊行。

令和四（二〇二二）年

「オール讀物」にて『ＳＬ「やまぐち」号殺人事件』を連載中の三月三日、肝臓ガンにて逝去。五月、文春ムック『西村京太郎の推理世界』が刊行される。八月、最後の長編『ＳＬやまぐち号殺人事件』が刊行された。

この作品は2012年9月祥伝社より刊行されました。
なお、本作品はフィクションであり実在の個人・団体などとは一切関係がありません。

徳 間 文 庫

九州新幹線マイナス1

2023年1月15日 初刷

著者 西村京太郎（にしむらきょうたろう）

発行者 小宮英行

発行所 株式会社徳間書店

東京都品川区上大崎三-一-一 〒141-8202
目黒セントラルスクエア

電話 編集〇三(五四〇三)四三四九
販売〇四九(二九三)五五二一

振替 〇〇一四〇-〇-四四三九二

印刷 製本 大日本印刷株式会社

ISBN978-4-19-894820-7 （乱丁、落丁本はお取りかえいたします）

徳間文庫の好評既刊

西村京太郎

近鉄特急 伊勢志摩ライナーの罠

熟年雑誌の企画で、お伊勢参りに出かけることになった鈴木夫妻が失踪した。そんななか、二人の名を騙り旅行を続ける不審な中年カップルが出現。数日後、カップルの女の他殺体が隅田川に浮かんだ。夫妻と彼らに関係はあるのか。捜査を開始した十津川は、鈴木家で妙なものを発見する。厳重に保管された木彫りの円空仏——。この遺留品の意味することとは？　十津川は伊勢志摩に向かった！